花事未了

宁碧君 著

经济日报出版社

图书在版编目（CIP）数据

花事未了／宁碧君著. -- 北京：经济日报出版社，
2022. 12

ISBN 978-7-5196-1271-9

Ⅰ. ①花… Ⅱ. ①宁… Ⅲ. ①诗集-中国-当代②散
文集-中国-当代 Ⅳ. ①I217. 2

中国版本图书馆 CIP 数据核字（2022）第 255486 号

花事未了

作　　者	宁碧君
责任编辑	孙　樜
责任校对	蒋　佳
出版发行	经济日报出版社
地　　址	北京市西城区白纸坊东街 2 号（邮政编码：100054）
电　　话	010-63567684（总编室）
	010-63584556　63567691（财经编辑部）
	010-63567687（企业与企业家史编辑部）
	010-63567683（经济与管理学术编辑部）
	010-63538621　63567692（发行部）
网　　址	www.edpbook.com.cn
E－mail	edpbook@126.com
经　　销	全国新华书店
印　　刷	成都兴怡包装装潢有限公司
开　　本	710mm×1000mm　1/16
印　　张	12. 00
字　　数	230 千字
版　　次	2023 年 3 月第 1 版
印　　次	2023 年 3 月第 1 次印刷
书　　号	ISBN 978-7-5196-1271-9
定　　价	75. 00 元

那些未了的花事

陈宝德

本是打趣说为《花事未了》写序，碧君却认真地说："真的想请您写！"

这么多年，编著了这么多书，以自己名义写序，代市领导拟序，都没有拖多长时间，这次却拖了一年。原因只一个：没读透她的作品，没读透她的人，不好下笔，不知道如何构思。

此刻，感觉也没读透，也不知道如何构思最好。于是就用最传统的表述写，从真、善、美谈起，再谈一下作者。

此刻，评价是：《花事未了》，真、善、美俱存，是难得之作；碧君是感性、善良、美丽之人。

一

真，是文学作品本质特征。碧君的作品，处处见真事、真情、真心。《等待明天》这样写爱的：

"无聊时候让赵咏华在耳边一遍遍地唱着甜蜜的歌。于是便萌发了一个念头：20 岁了，该谈场恋爱吧！"

"我的恬静与长发在 4 月的白玉兰下为我带来了一场爱情。那段爱情美丽而伤感……太感性的人恋爱困难……偏偏我是过于感性的人，于是我刚在爱河边洗了一个脚丫便逃离了。我剪去长发，悼念了那场来去匆匆的爱情。"

"再后来，正经地谈了场恋爱。"

"为了至高无上的爱情，我极力收敛着张扬而顽劣的个性……别人问：'小女人，恋爱很幸福吧?'……心里想：如人饮水吧。"

"小时候我爱骑在大石头狮子上想象自己长大后会成为公主，幸福地被冲锋陷阵而来的王子劫走。现在，我想，活着，生活自然会精彩纷呈。"

《明白幸福》这样写爱的：

"谈了两次恋爱……然后草草收场……然后发誓从此再不染指爱情。"

"五一假期我们去了一趟闸坡就顺理成章成了恋人，有些事情真是匪夷所思，一言难尽。"

"前两次恋爱我谈得风风火火，轰轰烈烈，宿舍的女孩每每看得惊心动魄不明就里。这次反倒和风细雨起来了。她们看着我安安静静波澜不惊的表情说不像我的风格。"

"该谈场恋爱"的"来去匆匆"，"正经地谈了场恋爱"的"如人饮水吧"，想象由"王子劫走"，却演绎成被师兄"哄了回去"，由"轰轰烈烈"到"波澜不惊"。爱的过程，皆为乐章，碧君把乐章写得很率性、感人，因为年少时很青涩；爱的过往，皆为序曲，碧君把序曲看得云淡风轻，因为蓦然回首时已然长大。她知道"爱情是永恒的，但不会亘古不变"。

写爱真实，碧君写生活也真实。如《三年》，"大一，躁动着"，"大二，很迷惘"，"大三，顿悟并彷徨着"，还原了大学三年的碧君生活与形象。

"我喜欢去看海……心情郁闷的时候，我会一个人去看日落……我会情不自禁地淌下眼泪……看天边的渔船归航，看夕阳慢慢沉下大澳渔村那边的山。"这就是孤独的碧君，唯美的碧君。我能体会她笔下的美而孤独。无独有偶，我常常一个人回家看海，看日落。

碧君作品的真实，不仅体现在写实作品上，也体现在虚构作品上。她作品里的许多情节、人物，就好像是她身边人，身边事。

二

善，是文学作品最高境界。碧君作品处处传递着善，这里善的内涵很丰富。在碧君笔下：

善，是放低姿态，学会知足。《明白幸福》里，碧君最终明白，轰轰烈烈的爱终将离开，波澜不惊的爱终让她"给点感动的表情"，感悟到"幸福就像一瓶玻子，一粒粒分开来也许不觉得什么，可收集起来它们是那么的五彩斑斓"。

善，是留住美好。《阿细》里，同学阿细，出身贫寒，却乐观、坚毅、能干、不屈。《往事如歌》里，同乡小坚哥，因为后母的刻薄而成了问题少年，初中毕业后外出打工。碧君记住的是这个问题少年的好。"偶尔，我会想起小时候咧开掉了颗大门牙的嘴，笑得傻乎乎的小坚哥。""我不再是天真烂漫的疯丫头了，不会再傻乎乎地说：'我想嫁给你。'我只想对远方那个童年的玩伴真诚地问候一声：'你在他乡还好吗？'"

碧君很感性，同时，她对生活有很深刻的思考。这些思考是理性的，带有哲学意味。这是她成为一个好作家的天赋异禀。正因如此，她的作品有一种高贵的善。

三

美，是文学作品的最高追求。

碧君作品的美，美在旁逸斜出的语句。这是碧君作品最傲人之处。

碧君想象力丰富。在行文中，常常运用比喻与联想，旁逸斜出写出一些或幽默、或调侃、或诙谐、或睿智的语句。

碧君作品的美，美在风格的诗化。碧君是如诗的女子，整部集子，都有一种诗的韵味。

《风吹过稻田》，是我看到碧君最早的作品。第一次看，就深感有《城南旧事》风格。文章分5部分（爷爷的小尾巴、爸爸的棍子、阿德子死了、妈妈的遗憾、马尾的命运、稻香飘飘）回忆作者的童年，回忆爱、恨、生、死。但碧君并不极力渲染爱、恨、生、死，而是像《城南旧事》中的英子一样，纯真地观看，默默地感受，淡淡地描述，作品因此而弥漫着淡淡的诗意。

碧君作品的美，美在行文繁简有度，收放自如。最典型的是《三年》，沿着"躁动、迷惘、顿悟并彷徨"的心路历程，写出了大学三年的生活。用2000多字，把三年间的生活，写得跌宕起伏、摇曳生姿。没有繁简有度、收放自如的本事，是写不出的。

四

读碧君的诗，你会有一种猜想，她的诗里应有故事。她总是把此情此在、过往故事与对人生的想象糅合在一起，这让她的诗意蕴很丰富。

她的诗接地气，传统而现代，很耐读。如：2020年稻熟时节，在阳西山塘村写的《秋》：那个看起来最安静的女人/站在最高的石头上唱歌/她渴望/稻浪把她淹没在这个深秋里/稻芒把她揉碎了燃烧了又重新整合//她突然想起那个少年/想起风中的那场追逐/想起那个不合时宜又自然而然地发生的吻/仿佛这稻香般青涩又甜蜜//到河里去/让开始冰凉的山水/紧紧地把双脚抱到疼痛/让那尾骨感的细鱼/轻吻脚踝上的疤/让惆怅的脸上生出一朵欢喜//草，又青又黄/云，不轻不重/莲，一边死去一边生长/一切，都不在一个色调里/一切，又居然很和谐。

她的诗既现实又空灵，有一种童话之美：我想在山顶筑庐煮雪/一只白狐会突然来到我脚边/告诉我，你足足等了我一千年。

同时，碧君笔下，万物有灵，物我一体，让人有一种"庄周梦蝶"之感：一朵白的野菊花在瓦砾中探出它小小的头颅/那是我在废城里看到的唯一的生命/我问它，我是不是这座千年古城唯一的过客/它说/你忘了/你曾是这座城里的人。

读碧君的诗文，与生活中的碧君接触后，感觉"眼睛如婴儿般纯蓝"的碧君，感性、善良、聪明、沉思，有一种坚忍、诗意的气质，也不乏果敢与豁达。这些都成就了她的《花事未了》。文学就是她的花事，相信此书出后，碧君更加"花事未了"！

是为序。

[作者为广东作协会员，中共阳江市委党史研究室（市地志办、市档案馆）主任（馆长）]

自　序

在作协的某次活动上，市档案局局长陈宝德老师跟我说，看了我发表在市报的散文《风吹过稻田》很是喜欢，他说我文笔真实，不做作，问我有没有出书的想法。

其实，我 20 岁那年就想过出书了，只是因为爸爸认为我火候未到，不同意，所以放下了。宝德老师这一问，让我心中那朵花又重新开放了。

考量再三，我决定出一本作品集。很遗憾，因为之前没有电脑，所以很多稿件不能得以保存。这部作品是我在近 20 年来幸存的文章里整理成集的。非常感谢市作协给了我这个机会，让我得以完成这个心愿。

亦师亦友的宝德老师是个博学多才且洒脱率性之人，出书之事他给了我很多宝贵的意见，并主动说要给我写序，欣喜之余感激万分。

整理旧文稿的时候我感觉过去自己的写作风格太颓废了，担心读者不能接受，同时也担心自己的人设崩塌。宝德老师建议我修改过去的文章的时候不要改动太多，稍微修正一下错别字和语法上的错误就好了，千万不要改动主题，因为那是代表了我某个时期的心路历程，那是我青春期的见证。我想想也是，谁不是连滚带爬走过青春期的？颓废也好，偏执也好，阴暗也好，都是历练。过多顾虑只会束缚了自己的想象力和创造力。

话说回来，自己过去这些先锋的颓废的作品也并非传播负能量，里面的人物也许并不美，但都是真和善的。一千个读者就有一千个哈姆雷特，我就尽管写吧。

作品反映生活，一点不假。

"似水流年"这一辑记录的大多是我20+这一年龄阶段的心路历程。那个时期的我偏激、固执、迷茫，又故作老成。当时的我肯定是最不讨喜的，但绝对是最真实的。

"吾心安处"收录的大多是现在30+这个时期的我对人生的感悟，对故乡、对亲人、对挚友的感情。我现在的作品风格是温暖的，有人情味的。也许是年龄和阅历的问题吧，我的笔锋不再凌厉和灰暗，而更多的是有温度。

我认为自己每个年龄阶段的文字都有它的独特性，无所谓哪个时期更好。正如38岁生日时，我对自己说的，无论什么年纪，都是最好的年纪。

"诗和远方"这一辑收录的是我这几年写的诗。在这里特别要感谢我的伯乐陈计会老师。当年我一点都不会写诗，我误以会写诗就是胡拼乱凑，把一些长的短的句子弄得人家看不懂就对了。我曾经把自己写的几首所谓的诗拿给陈老师看。他看完对我说："你编故事的能力很强，还是继续写你的小说吧！"这句话让我耿耿于怀好多年，生性倔强的我并没有放弃写诗。我开始阅读各种诗刊，虚心学习别人是如何写诗的。

前段时间和陈老师说起这件事，他哈哈一笑，说："看来某人不要轻易说话，一不小心就耽误了一位优秀诗人成长。"我亦莞尔。其实我是真心感激陈老师的，如果当年不是他这句话，我到现在恐怕还是不得章法，还自我感觉良好呢。

我还有一个要非常感谢的人，是我初中时的语文老师，邓志清老师。当年邓老师不厌其烦地帮我修改了一部几万字的小说。他鼓励我不要放弃写作。我的每一篇作文他都拿来当范文读给同学们听，这对我是莫大的鼓舞。我之所以会一直坚持写作，这跟他是有很大的关系的。是他当年给了我信心，让我知道自己是有价值的。

这部作品仅仅是我对自己前三十几年的一个交代，往后我依然会不辍笔耕。

且教、且学、且笔耕，如此，甚好。

行我所行，无问西东。

2021 年 5 月 3 日凌晨 2 点

Contents 目录

第一辑　似水流年

花　事　未　了

往事如歌

"我想嫁给你!"我对小坚哥说。

那时我5岁,小坚哥7岁,说这话时,我正美美地吃着他摘给我的石榴。我扬起小脸,忽闪着大眼睛,咧开满口果汁的小嘴笑着对他说:"我想嫁给你!"虎头虎脑的小坚哥开心地说:"好啊!"于是我便戴了采来的野花煞有介事地和他玩拜堂的游戏。每每想起这些,我都会情不自禁地微笑,同时也会回忆起童年的往事,心中满是对童年玩伴的怀念。

那是个无忧无虑的年纪。我扎了两条羊角小辫整天和小坚哥疯在一起。小坚哥头顶上有两个小圈儿,是个小霸王。他喜欢和别人打架,总是一副凶凶的样子。大人们说他是个野小子。家人不让我跟他玩。可我偏喜欢他,因为他从不欺负我。别的毛头小子欺负了我,他总是会为我报仇。有好吃的东西,他也从不少我一份。我喜欢屁颠屁颠地跟他去摘野果、野花,去他家地里"偷"甘蔗,挖地瓜。

那时,我觉得他像孙悟空一样神通广大。他会爬到很高的树上掏鸟蛋,会钻到水里捉鱼,会做飞得很高的风筝,会做轮子可以转动的泥巴车儿。有一回,他爬到了一棵很高的石榴树上,那时刚好刮起了大风。他在上面像猴子一样抱着树干,整个人跟着树枝被风吹得摇来晃去。我在下面吓得哇哇大哭。风停了,小坚哥没两下子就爬了下来。他笑嘿嘿地递给我一个大石榴,糗着我说:"吃吧,小哭猫。"我大口大口地吃着,破涕为笑。

村里的黄毛小子刮着鼻子取笑我们："羞羞，虎子坚和君君是一对儿！"小坚哥操了棍子雄赳赳气昂昂地去吓唬他们，我也拿了小树枝跑去凑热闹。看着那些黄毛小子吓得呱呱叫着跑回家，我们像得胜的小将军哈哈大笑起来。

我生病的时候，小坚哥趁我家大人们不注意，趴到我床前窗台上，塞给我一只装在火柴盒里的蝉儿，一把五颜六色的小野花。如今想来，那时的他十足是一个体贴的小情人。

小坚哥和我是同年上小学的，跟我合坐一张桌子。他是全班年纪最大的学生。大伙儿都怕他，于是，他继续充当我的保护神。

小坚哥2岁时母亲病故。小学五年级的时候，他父亲娶了个带着两个孩子的女人。那女人对小坚哥很刻薄。那一年，小坚哥留级了。小时候，留级是一种耻辱。小坚哥却还是一副满不在乎的样子到处撒野。只是，我的身边从此少了一个为我削铅笔的男孩。

上中学后，我们几乎不说话了，见面也是漠然地互相看一眼。那时，他是全校有名的坏学生，打架闹事，无所不为。每次他故作老成地叼着一根烟从我身边走过时，我的眼睛都不自禁地潮湿。我知道，那不仅仅是被辛辣的烟熏的。

小坚哥读完初中后便外出打工去了。我们没有再见面。我读完高中又上了大学，身边有了许多新旧朋友。偶尔，我还会想起小时候咧开掉了颗大门牙的嘴，笑得傻乎乎的小坚哥。

耳边是老狼的《同桌的你》："谁娶了多愁善感的你，谁安慰爱哭的你……"不知道小坚哥听到这首歌时，可会想起爱哭鼻子的我，可会想起那个脑袋扎了羊角小辫的小丫头扬起小脸，忽闪着大眼对他说："我想嫁给你！"

往事如歌，童年不再。我不再是天真烂漫的疯丫头了，不会再傻乎乎地说："我想嫁给你。"我只想对远方那个童年的玩伴真诚地问候一声："你在他乡还好吗？"

三　年

转眼，我就在旧宿舍的楼顶上张望了将近三年的月黑风高了。我在这所三流学院里彷彷徨徨、迷迷惘惘地挥霍了1000多个白天黑夜，回头看看，懊悔之余，恍如梦中醒来。

——题记

（一）大一，躁动着

大一了，我19岁，带着些许好奇，些许惶惑，往20岁的门缝里钻。那个时候我比较容易满足，没考上理想中大学的不快很快就被脱缰般自由的快意消灭得干干净净。

高中三年勤勤恳恳，暗无天日的生活把我熬成了一个伤春悲秋的女子，与李清照不同的是，我并没有人比黄花瘦，相反还是一个站上体重仪，那根针就噌噌往上蹿的小胖妞。

进入大学后，由于水土不服，我竟日渐苗条起来。谢天谢地！体检后，我屁颠颠地跑去照相馆，搔首弄姿拍了几张风情万种的照片寄给同学朋友，并喜滋滋地等着他们回信惊呼：哇，好瘦！

这一年里，我凑热闹似的加入了很多社团，每到周末便赶集似的跟着他们去参加各种歌会舞会，肆无忌惮地胡闹，以精力过剩的姿态昭告世人：我是多么的青春无敌！

中学与大学最大的区别是恋爱问题。中学时，老师和家长视学生恋爱为洪水猛兽。在大学校园里，那些恋爱的学生会旁若无人地在爱河里畅游，而老师只说一句：不提倡也不反对，别太对不起别人的眼睛就行了。然后就司空见惯地看着孩子们像被囚禁多年的犯人，突然得了赦令一样兴高采烈，宽衣解带，前赴后继地往爱河里扎。

2003年4月1日，张国荣给自己开了最后一个玩笑。在那一天我给自己开了第一个玩笑，我跟风地谈了场恋爱。结果那段恋爱以百米冲刺的速度结束了。

它本来就注定了是一个玩笑。

我装作若无其事，昂首挺胸地穿梭于这个蠢蠢欲动的群体中。

该说说文学社了。大一最后的日子里，我像顽童厌了某些玩具一样，头也不回地退出了那些热闹非凡的社团。但是我依然硬着头皮，或许说是死皮赖脸地留在了文学社。为什么说是死皮赖脸呢？因为那一年里我没有发表过半个字。我焦急而无奈地看着身边的同伴隔三岔五去报件室拿稿费单。

髻山上的树叶飞了又飞，肃杀了我世界里的春夏秋冬。我这个人比较容易消沉，曹丰说我很颓废。曹丰是那一年文学社的社长，脸色很白，眼睛奇大。刚进文学社的时候，我的第一感觉是文学社人很多，社长很帅。再后来我竟把那里当成了我的另一个家。有时候不开心了我就在那里痛哭流涕，开心的时候就和大伙儿笑到人仰马翻。家嘛，谁不允许你在家里撒野呢？

大一，带着些许遗憾，磕磕碰碰地就过去了。

（二）大二，很迷惘

宿舍门前的石榴树红红火火地开满了花，只是一直没有打上果实，看着总有点不了了之的感觉，就像时下流行的恋爱现象。这一年里我没有再谈恋爱。我突然发了狠读书，写作，居然发表了不少文章，也居然拿了奖学金。

其实，我是一个挺聪明的孩子。

体育课我选修了武术，和另外 8 个不会三球（羽毛球、篮球、乒乓球）的女孩子一起把博大精深的中华武术练得跟做操一样。我嘴里喊着哼哼哈嘿，眼睛时常失神地端详着天上的燕子，我想，什么时候才可以做自己喜欢做的事情呢？

诚然，我喜欢做的事情是简单但却艰辛的。我喜欢写东西。他们说："写作是没有出路的，韩寒正在研究汽车变速呢。"

这一年里我不可开交地生着各种各样的小病，把宿舍弄得鸡犬不宁。每次生病我都会找上关养。他每次都带着我异常警觉地开着无牌摩托车躲过交警去看夜诊。他说我很有折腾人的天赋。

古汉语的叶柏来老师又出书了。他是位渊博的老先生，可是他的书却市场冷淡。我不禁感慨，时下的地摊文学闹得沸沸扬扬，学术性的书籍却鲜有人问津。说到这个，我很是汗颜。

我喜欢去看海，尤其喜欢去海边的那一段路。坐在车上，窗外满是青草野花，树木葱茏。心情郁闷的时候，我会一个人去珍珠湾看日落。在霞光曼妙的玉豚山上静静地看着容颜秀丽的渔女像，我会不自禁地淌下眼泪。我很感性，任何美丽的东西都会刺激我的泪腺。我每次总会爬上渔夫石看着天边的渔船归航，看夕阳慢慢沉下大澳渔村那边的山。然后，下山坐最后一班车返校。

学院扩建了校区，总算有了点大学的模样。事物发展的速度迫使我陷入了诚惶诚恐的思索。

我仍然会跑到宿舍楼顶张望这个世界。看着对面山上傲然挺立的电视塔，听着随身听里周杰伦的《蜗牛》，反复唱着那句：我要一步一步往上爬，在最高点乘着叶片往前飞，让风吹干流过的泪和汗，总有一天我有属于我的天。

茶仙居的环境很清幽雅致，每一杯饮料都很昂贵。师兄会找着各种借口在那里约我。喝着香甜的玫瑰珍珠，看着杯沿沾着的白色泡沫，我会突然想起小时候乡下的刺槐花，白压压铺天盖地的。我认为城市制造的情调是矫情的。

陈晓君曾经写过：喝完玫瑰珍珠后我们去天堡欢乐城玩碰碰车，剧烈的碰撞让胃里的奶茶翻江倒海。

想起奶奶说过，在那个闹饥荒的年代想吃一碗白饭也是奢侈的，痛心疾首啊！

学期末，体育科三项要补考，后来在老师放宽要求的情况下全部通过。想来有一点羞耻。

7月的初夏，天空很蓝，云很白。

大二思考着又过去了。

（三）大三，顿悟并彷徨着

十三层的新教学楼启用了。我呼啦啦地冲上楼顶，感觉世界似乎在一夜之间变得很大很大。

文学社从旧教学楼搬到了新教学楼，中间隔了一个操场和半边髻山。我们从此得以天天看到太阳一个劲地往髻山后面落，看着竟有点壮烈。新社员进来了，我离开的日子近了。嗯，是得离开了。想起了叶青那篇谁谁在髻山上倒立的文章，眼角竟然潮湿了。

爸爸突然拒绝给钱为我出书。我哭了，哭得很伤心。爸爸要我理解他。我长久地悲伤着，为自己没有机会去尝试，为爸爸对我的不理解。

为了证明自己已经长大了，我一丝不苟地写着形形色色的爱情小说。我写婚外恋、三角恋。一家杂志社的编辑给我泼了一杯冷水。她说，不够成熟，继续努力。原来形式上的成熟只是成长过程中一种幼稚的表现而已。

那一段日子，我绑着三毛式的辫子，心不在焉地穿越教室、校道及其他充斥着各种笑声的场所。我想，我应该笑，于是我便扬起嘴角，做一个笑的表情。

我在诗词课上看课外书触怒了老师。看着那位修养极好的老师强压怒火的模样，我突然感到非常的懊悔。真的，我很懊悔。

同学在武大的樱花道上给我电话："我今天考六级了，你呢?"我说我四级还没过，计算机没过，自考本科考得一塌糊涂。同学哑然，而后说："什么时候来武大看看樱花呢?"我看着对面楼上没浇水的向日葵蔫蔫巴巴地耷拉着，几个废弃的塑料袋极其神气地飞过。我感到世界无限大，只是我自己是浅薄无知的。

我是高低脚，左脚比右脚长了两厘半，但这样竟让爱穿裙子的我走起路来异常婀娜。有时看着那个拄着拐杖从身边艰难地走过的新生我会感叹：其实我该知足了呢!

日子依旧如火如荼地进行着，就像路边飞扬着的芦花。太阳升起的时候我会思考自己的去向。

2005 年 3 月

后记：在那些不忧柴米油盐的时光里，我们肆无忌惮地挥霍着青春。我们不知天高地厚，我们目中无人，我们锋芒毕露，但我们彼此相爱且绝对忠诚于文字。

后来，相爱的我们分别了，疏远了，不再联系了。我们终于相忘于江湖。

几年前，惊闻叶柏来老师猝然辞世。那一天，我心口止不住地疼痛，泪流了一夜。

等待明天

我们自来到这个世上的那一天开始便在等待了。

待在母亲的子宫里时，我们便开始躁动不安，是为了早点看到这个精彩的世界吧。母亲的每次腹痛便是我们等待中的躁动。

孩提时，我们常常跑出家门等待赶集的母亲给我们带回一件新衣、一条发带或者一颗糖果。我记得我曾经傻乎乎地坐在河边等待河水给我漂来一个人家丢弃的布娃娃。

长大后，我们便开始等待一份工作，一个爱自己的人，一份地久天长的爱情。只是年少时，我们的等待是无忧无虑而且甜蜜的。长大以后，我们的等待就变得无奈。

19 岁的我带着一份寂寞与迷惘，只身一人远离家乡求学。一向孤僻的我仍然固执地孤僻着。一个人上学，一个人吃饭，一个人上图书馆，自由里多了一份无奈。每天晚上下了自修便拖着被路灯拉得瘦长苍凉的影子从综合楼后面的小路走回宿舍。没有表情，目不斜视地走过那一双双在阴暗处忘乎所以地拥吻的情侣。我寂寞的心开始蠢蠢欲动。

无聊的时候让赵咏华在耳边一遍遍地唱着甜蜜的情歌，于是便萌发了一个念头：20 岁了，谈场恋爱吧！可年轻时的爱情总是首先青睐漂亮的女孩。我不漂亮，于是我留了一头长发。我认为长头发的女孩多少有一份美丽。

　　我的恬静与长发在 4 月的白玉兰下为我带来了一份爱情。那段爱情美丽而伤感。书上说感性的人适合恋爱，太感性的人恋爱困难。因为太感性的人一般多疑，总患得患失。偏偏我是个过于感性的人，于是我刚在爱河边洗了一个脚丫便逃离了。我剪去长发，悼念了那场来去匆匆的爱情。

　　剪去长发后，我又开始继续留长发。日子依然在等待中悄然流走。

　　我知道从此以后我对爱情的等待会长久而虔诚，换一种说法是随缘。

　　有一段日子我彻夜失眠。

　　那段日子我想的事情很多。每到深夜，我会在舍友的鼾声和梦呓中想事情，天南地北，宇宙星辰，无所不往。于是许多清晰的、模糊的面孔便电影快进般地不断在我脑海里闪烁跳动。纷呈的奇怪的念头像一个个巨大而抽象的吸盘把我使劲地往里吸，吞噬我的骨髓、血液，连同思想。

　　对面饭堂的面包师傅开始烧炉烤面包的时候，我才迷糊地睡去。睡着了还会做梦。梦里满世界是撕扯食物的老鼠和眼睛诡异的猫。天亮后，我会无比憔悴地睁着无神的大眼，用粉扑掩饰着茂盛斑斓的青春痘，匆匆赶往教室。我想，我和灰头土脸的食粪鱼无比相似。

　　住在对面的男生搬到新宿舍去了。想起刚进来的时候，学校哄着我们这些天真的孩子，说我们一个学期后便可以住上新楼了。开始的时候我们还日日翘首眺望那正在动工、听说会很美的新宿舍大楼。一个学期后，未竣工。一年后，新生又进来了。我们被通知要坚守阵地，等待另一栋大楼建成。时至今日，临近毕业了，我们还是原地不动，听说要调整宿舍了，可这时大家都懒得搬家了，那份像当年北大荒贫农渴望温饱的热情早冷却掉了。有点不平之余居然庆幸我们住得离饭堂是最近的呢。

　　许久没听过啤酒瓶爆破的声音了。自从一女生的手被楼上飞下来的酒瓶砸伤以后，学院严肃整顿了一下。于是，那些扔酒瓶扔得不亦乐乎的不羁者竟收敛了那一爱好。这就乐坏了收集废品的宿管阿姨了。

　　我居然感到失落、扫兴呢。我为自己这种失落感到罪恶，作为一进步青年，我的三观必须得正，将来可是要为人师表的呢。于是我竟然有了另一个无聊的爱好——看阿姨兴高采烈地捡啤酒瓶。

大二的时候，很是胡乱挥霍了一段时间，十几块钱一杯的冰水我竟然喝得非常豪横，还挑剔地说，这个太甜那个奶味不够。奢侈恶俗呀！结果，爸爸给我一年的伙食费，我一个学期就解决得干干净净了。第二个学期唯有自己想办法解决生计了。

我和舍友合伙卖过东西。我脸皮很薄，开始的时候是红着脸去敲女生的门的，然后小心翼翼地问："同学，要不要买东西？"到后来就能大摇大摆地闯进人家门里，脸不红心不跳地吆喝："内衣、内裤！"然后把东西往桌子上一摊，特社会地说："挑！"然后欢天喜地地揣着零零碎碎的人民币跑得更欢。如此来回跑了几趟，女生们该买的也买了，我们只觉得意犹未尽欲罢不能。那一次共赚了53.7元，钱不多，可我们都高兴到得意忘形。

后来去当了家教，那段日子我差点被那个7岁的小鬼整死。每天晚上我都要被他气得死去活来，但为了得到那400块工资我得忍着。

很多个夜里，我在梦里狠狠地发誓：以后要赚很多很多的钱，每天买两个茶叶蛋，吃一个砸一个。

来到这里整整一年了，没有发表过一篇文章。希望在漫长而焦虑的等待中逐渐磨灭。曾经想过放弃，只是始终不甘心放下手中的笔。于是仍然一沓沓地买信封，仍然动作麻木地把稿件投进信箱，仍然满怀希望地等待着。偶然看到一段电视剧的独白："我是天才，没有哪个天才是不需要受挫的，正因为我是天才，所以我注定要受挫。"脑子里竟然蹦出莫名其妙的一句话：我的前途黑暗地光明着，我的前途光明地黑暗着。革命老前辈说过光明是必然战胜黑暗的。所以，我必须学会等待。

新学期回来，终于看到自己的文章发表了。我温柔而灼烈地看着那些可爱的铅字，就像新妈妈看着嗷嗷待哺的婴孩一样。舍友居然这样形容我当时的表情：活像葛朗台看到了金子一样，两眼放光！"无论如何，我的文章终于适应了这里的水土了，像我的胃！"我是这么跟她们说的。

诗词老师布置写一篇近体诗。平仄，押韵，救拗。我大汗淋漓地苦苦思索了一个晚上，终于创造了一首让人怎么看怎么眼熟又似是而非的古诗。蛮有成就感的，投了出去，居然又拿了稿费！

古文学的老师挺敬业的，两个班共计 30 人上课，他仍能和颜悦色地坚持把课讲完。我想，如果是我，我肯定会暴跳如雷，撒野不干。他的修养真让我汗颜。于是每每有谁冲撞了我，我便在心里说，你要做只忍者神龟，忍忍忍，将来要为人师表呢。

后来，我居然练到即使内心怒海翻滚，但脸上仍能笑得如沐春风的境界。

那个叫晓庆的阳江男生考普通话的时候用方言味十足的国语说："小时候，我有一个梦想，就是要当一名和尚，我觉得和尚很高尚。"喷茶之余，竟觉得这个孩子原来那么可爱的呢。然后不禁想，我的梦想是什么？

爸爸拒绝给钱为我出书，说了很多理由、很多苦衷。我失望地说："爸爸我理解您。"然后躲在黑夜里难过地哭了一个晚上。我狠狠地发誓：从今以后好好学习，努力工作，为了理想，我要自己赚钱出书。

终于拿了奖学金，感觉那天太阳特别灿烂，光芒万丈，把我照得暖烘烘的。

武汉理工的同学打来电话，正要跟他说这个好消息，岂料他先兴冲冲地说："告诉你一个好消息，我设计的抽水马桶获得了发明奖，正申请专利呢，以后你家里要使用我这种马桶哦！"我硬生生把自己要说的话吞回了肚子里去。原来天外的天竟高得不可思议呢。

于是，我一个人郁闷地跑到街上瞎逛。

这个并不大的城市在不经意间发生了许多变动，灯更亮了，广告牌更大了，人更多了。我看着形形色色的招工启事，感觉前途好迷茫。

邱丘说："你颓废什么？阿甘他妈妈说了，人生是一盒巧克力，你永远不知道它是什么味道。阿甘他妈妈还说，笨有笨的作为呢。你不是痴的不是呆的，还怕会饿死了？"

踩三轮车的外省民工会抽空看书，外穿内裤扮超人的孩子长大后会当警察。这个世界就是如此光怪陆离，无所谓好与坏。

卡通片里，大雄可以坐着哆啦 A 梦的时空穿梭机去看自己未来的新娘。现实中，我们唯有等待，积极或者颓废，奋发或者堕落，全在自己的心态。

再后来，我正经地谈了场恋爱。

男朋友对我很好，很细心，我打个喷嚏都着急得差点没打120。但是，他有点自负，老试图要改变我毛躁任性的脾气。为了至高无上的爱情，我极力收敛着张扬而顽劣的个性。别人问："小女人，恋爱很幸福吧?"看着对方异常羡慕神往的表情，我扬起嘴角制造一个卖相甜美的笑容，无比陶醉状。心里想的是：如人饮水吧。

男朋友是本地人，毕业后在一所乡镇中学就职。我时常跑过去极其贤良淑德地为他洗衣熬糖水。

临近毕业的情绪波动让我喜怒无常，于是我俩之间便滋生了许多矛盾。有些时候我唏啦啦地吸着鼻子，擦着眼泪对他说，分了吧。最终还是被哄了回去。

小时候我爱骑在大石头狮子上想象自己长大后会成为公主，幸福地被冲锋陷阵而来的王子劫走。现在，我想，活着，生活自然会精彩纷呈。

头发在不知不觉中又长及腰际了。窗前的绿萝竟在不留神间爬上了窗架，快要触及顶部了。我也仍然在等待中成长着。

成长着的我懂得了，什么时候、什么事情应该等待，值得我去等待。

青春躁动过后，我虔诚地等待明天的到来，无论它是好或者坏。

2005 年 6 月，毕业前夕

明白幸福

　　许多时候以为幸福遥不可及，于是憧憬、等待，用仰望的姿态去期盼。其实幸福常常就在触手可及的地方，但是我们往往忽略了它。

　　几米说："公主在舞会上到处寻找王子的身影，却没有发现自己的高跟鞋踩死了一只青蛙，她不知道那就是青蛙王子。"

　　我谈了两次恋爱，两次都有头无尾，有始无终，然后草草收场。我感到精疲力竭了，然后发誓从此再不染指爱情。我曾经想，就该让自己无恨无爱，不痛不痒。

　　大二的下学期遇到了他。那时他正读毕业班，还有两个月就毕业了。他跟我说快毕业了，好多事情很想做，但已没有勇气去做了。我跟他说，想做就做，要不以后更遗憾。

　　五一假期我们去了一趟闸坡就顺理成章成了恋人，有些事情真是匪夷所思，一言难尽。

　　前两场恋爱我都谈得风风火火、轰轰烈烈，宿舍的女孩每每看得惊心动魄，不明就里。这次反倒和风细雨起来了。她们看着我安安静静波澜不惊的表情说不像我的风格。

　　他对我很好，我不是没有感动，只是我天生就是一个体内注满不安定元素的孩子，许多时候我就像一只迷途的羔羊，而他则是一个牧羊的小童，总希望我会迷途知返。但是，他不知道凶残的狼于我而言竟然有一种无法解释的诱惑，哪怕明知狼是吃羊的。

我问师兄，怎样才能让自己爱上一个人？师兄说："用心去爱吧，好男人错过了就很难再遇到了。"

路过建行的门前，我问他："你知道为什么那两只石狮子一只是张大嘴巴的一只是闭着嘴巴的吗？"他拥着我的肩膀说："张大嘴巴那只是雄的，闭着嘴巴那只是雌的，雄狮张大嘴巴那是为了吓跑情敌。"说的时候，他一脸天真，带着很干净的笑容。我想，也许我是需要被人疼爱的。

跟他在一起时，我的心脏逐渐被一种东西袭击、渗透。我知道那叫幸福。过斑马线的时候他会紧紧牵着我的手，谨慎警惕地绿过红停；吃饭的时候他会轻轻责备我挑食，只吃菜不吃肉，然后偷偷地从自己碗里夹肉给我；晚上坐在操场边的时候他会手忙脚乱却不厌其烦地为我驱赶蚊子，而自己却被叮得星星点点；我感冒了，他会给我买药，并不忘先打上饭，叮嘱我先吃饭再吃药，他说空腹吃药会伤胃；我说上火了，他马上开车跑到二环路买回凉茶送到我宿舍楼下，怕我喝了口苦还不忘给我带上一包甜陈皮。有一次我不想吃饭，要去喝粥。他问我怎么了。我说大概是天气热消化不良。他那天家教回来就给我买了春砂仁蜜。

他做的这些，身边的朋友都有目共睹。晓君说："给点感动的表情好不好，人家做这些不是理所当然的，你怎么可以这么心安理得？"我一时语塞，我是否太不知足？

有一天晚上，无意中说到了我以前的恋情。他说："你现在还忘不了是吗？"我沉默，我不想自欺欺人。我说："为什么我还要惦记呢？那么痛苦。"他抱着我说："别说了，我会难过的。"我看见一行泪从他眼里流了出来。他说："别看我，我不想让你看到我这样。"他自己一个人跑去了洗手间。

我站在微冷的晚风中给他发了一条短信："回来好吗？我很冷。"然后看见他又走向我，义无反顾。

我问师兄，一个男人为了一个女人流泪，那代表什么？他说："男儿有泪不轻弹，丫头，你该知足了。"

　　在阳江体育馆，我开着他的小绵羊乱了方寸，冲撞得狼狈不堪。他看着翻倒在地还笑得没心没肺的我说："我怕，我怕你受伤。"我看着他心急火燎的样子，想，我其实真的很幸福。夫复何求呢？

　　幸福就像一瓶玻璃球，一粒粒分开来也许并不觉得有什么，可收集起来会发觉原来它们是多么的五彩斑斓。

　　我突然明白幸福。

2004 年 12 月

后记：后来，他成了我的丈夫。

我们这里还有鱼

我以为冬天是最美丽的季节

冷冷的溪边有你　还有鱼在水里

一对对很自在一对对很相爱

让人想到未来

是不是你也和我一起在寻找

那种鱼只有幸福的人看得到

谁用爱去拥抱它就在周围绕

陪你一直到老

我知道这些日子　你要承担多少哀伤

才可以面对破碎的梦想

我相信那么多的关心　总会带来希望

别忘了我们这里还有鱼

是不是你也和我一起在寻找

那种鱼只有幸福的人看得到

谁用爱去拥抱它就在周围绕

陪你一直到老

我知道这些日子　你要承担多少哀伤

才可以面对破碎的梦想

> 我相信那么多的关心　总会带来希望
>
> 别忘了我们这里还有鱼

你还记得曾经有过这么一首歌吗？

《我们这里还有鱼》是为了纪念 1999 年的"9·21"台湾大地震而创作的一首公益歌曲。

1999 年 9 月 21 日，一场百年来最大的地震袭击台湾（史称：台湾"9·21"大地震）。这场发生于凌晨 1 时 47 分、里氏 7.3 级的大地震，造成罕见的重大损失。短短的 102 秒，共计死亡 2412 人，11305 人受伤。震后，许多家庭失去亲人，无家可归，情境惨痛。于是，不少人开始丧失对生活的希望，更有甚者选择自杀。

有感于此，歌手黄中原创作了一首《我们这里还有鱼》，与游鸿明、谢霆锋、黄大炜 4 人联袂倾情演唱，其中的"鱼"代表的就是一种希望。他希望这首歌能传达出他们对受难者的关心与鼓励，使他们重拾信心，鼓起勇气，面对不幸，能够勇敢地活下去。

我第一次听这首歌是在大学的新生十大歌手比赛上。当时吴金伟同学抱着吉他自弹自唱了这首歌。那次比赛他拿了第一名，而我只是第十一名。

他与我宿舍的美金是中学同学，经常会在周末到我们宿舍玩。他弹，我唱。我们第一次合作的歌是《星语心愿》，没有排练，不用磨合，一拍即合。大家开玩笑说我们真像妇唱夫随。我们只是笑笑，又继续旁若无人地弹唱。他说我有灵性，声线独特，应该进前十的。

我们还逛过操场，真的是纯友谊那种。我们坐在夏夜微暖的石阶上，看着遥远的星空发呆。他黑且瘦，个子不高，跟帅扯不上半点关系。他不善言辞，喜欢用琴来说话。

我问他："那么多迷妹喜欢听你唱歌，你怎么就不挑个来谈恋爱？"他说高中时有个妹子特别迷恋他，总是坐在他后面找他说话，可他一点心思都不敢动。我问他为什么，他说因为家里实在太穷，妈妈又是盲人，连读书的学费还没交齐呢！我怔住了，原来他内心如此自卑。他用那首歌温暖了好多人，却没能温暖到自己。

几年的大学生涯，他硬是没谈一次恋爱。用他自己的话是不想耽误人家。

拍毕业照那天，他路过我们班，走过来对我说："记得要幸福啊!"

今晚哄娃睡觉的时候，娃儿叫我给他唱首歌，这个旋律突然就被我无意识地哼了出来。

失联 15 年了，希望那条善良而自卑的鱼已经找到了那个属于他的温暖的池塘。

菊香入梦

在我的内心深处，有一个让我想起就心疼的女孩。

她是个潮州女孩，个子小小的，一副营养不良的样子。她的眉毛很粗头发很硬。我帮她剪头发的时候总笑她像个小刺猬。

她总跟我们说一口口音很重的普通话，张口就问："你吃晃了吗？"我说是吃饭不是吃晃。她说："对呀，就是吃晃呀。"

后来，毕业后在电话里听到她没有改变的口音我就有一种想哭的感觉。

那时候我们去逛街都是打摩的回学校的，因为我们都是路痴，连搭哪个方向的公车都不懂。

她总怂恿我买裙子，她说我穿裙子特别合适，很温柔的样子。

那一年流行复古旗袍，我穿了一条梅红的及膝短袖旗袍。她说很惊艳，马上拉着我去郊外照相。我们在开满牵牛花和野菊花的草地上搔首弄姿拍了很多照片。大朵的阳光绽放在我们青春无敌的脸上。

她说照片上的我就像一朵花，很明媚。我说："你也是一朵花呀。"她说："我充其量就是一朵不起眼的野菊花。"

那一年我失恋了。我跑到操场大哭，她默默地跟在我后面。我说："怎么办？我想死。"她狠狠地打了我一巴掌。她说："这种话你只能说一次，明天必须忘了！"

她教我用潮州话唱一首叫"苦恋"的歌，我一学就会，她夸我很有语言天赋；她和我一起出墙报，看见我画画不用稿，觉得很惊讶，说我不读美术浪费了；每次我发表文章她比我还高兴……

她说："碧君，你会找到一个懂得欣赏你的男人，他一定会很爱你的。"

一个校外的男生用力地追了她很久，她总是拒绝，她说没有感觉。后来我和一个师兄恋爱了。她开始和那个男生交往。我知道她只是因为寂寞。不久他们就分手了。她预言我和师兄会在一起的。她说他很适合我，单纯又死心塌地。

后来师兄真的就成了我的丈夫。

毕业离校那天晚上，她和同乡坐 12 点的夜车回家。她不让我送她，她说不想看见我哭的样子。我站在窗台上看着她拖着行李箱离开，影子那么孤寂单薄。然后我就哭了。她没有回过一次头，我知道彼时她一定知道我在看着她，而她也一定哭了。

后来她恋爱了，但由于种种原因又分手了。她说："我知道当时你为什么那么伤心了。"她单身了好多年，她说也许这辈子不会嫁人了。我听了之后很心疼，那么好的一个女孩，她该得到幸福。

如今，她已经是一对双胞胎女儿的妈妈了。

今夜无眠，想起了那朵小小的野菊花。

——致我的好友合婵

树上有鸟窝

虎子哥说要给我摘蒲桃。

他像猴子一样蹿上树，很快就抓了一大把白胖胖的蒲桃。我高兴地张开小花裙子接上他抛下的蒲桃。蒲桃独特的香甜气息就溢了出来。

突然，他目不转睛地盯紧了一处。我扬起小脸问他，虎子哥你在看什么？他欢喜地说："树上有鸟窝！"我兴奋得跳了起来，"里面有鸟蛋吗？你可不可以把它摘下来给我？我想吃鸟蛋！"虎子哥晃晃小脑袋说："鸟妈妈和鸟爸爸回来会伤心的，就让它们孵成小鸟吧。"

过了几天，虎子哥又爬到树上去看鸟蛋，看它们有没有被蛇偷去。

又过了几天，虎子哥又爬到了树上。他兴奋地喊起来："嘿！小鸟孵出来了！可漂亮了！"阳光穿过树叶的缝隙在他黝黑的小脸上斑驳着，映出点点光亮。

"给我看看！给我看看！"我在树下嚷嚷着。

"可是你又不会爬树，你怎么看呢？"

我失望地坐在地上哭了起来。虎子哥爬下来安慰我说："等它们会飞的时候，你就能够看得见了。"

"可是它们会飞的时候都飞走了，我怎么看呢？"我哭得更伤心了。

"嗯，你真的很想看吗？"

"我真的很想看！"

"那好吧，我带你上树吧！"

虎子哥踮起脚，用力把我往上托。我好不容易坐到了树杈上，紧紧挨着虎子哥，心跳得跟拨浪鼓一样响。我们一点儿一点儿地向鸟窝靠近。突然一阵风吹来，我摇摇晃晃的，差点儿掉了下去。我吓得哇哇大叫起来。

虎子哥攥紧我的衣服说："太危险了，要不你还是下去吧！"

"不，我还是想看看小鸟！"我带着哭腔喊。

虎子哥再次拖着我小心翼翼向鸟窝挪动。终于看到了小鸟了！它们红红的小嘴儿张得大大的，似乎在等爸爸妈妈给它们喂东西吃呢。树叶摇动，它们的爸爸妈妈飞回来了。我们在茂密的树叶中躲起来大气都不敢出。看着鸟爸爸和鸟妈妈把虫子喂到孩子的大嘴巴里，虎子哥突然低声说："小芳，我想妈妈了。"

虎子哥很早就没有妈妈了。有人说她是跟人跑了，也有人说她已经死在外面了。我们也不知道是什么原因，反正她就一直没有回来过。

有一回，有人说村尾树林的泥洞里来了个疯女人，好像是虎子哥的妈妈。虎子哥听说这个消息饭也不吃，飞也似的跑去看。那个疯女人头发蓬乱，衣衫不整地蜷缩在洞里，两只脚用力蹬着洞前的积水。

她不是虎子哥的妈妈。虎子哥的妈妈脚有残疾。

虎子哥是哭着回来的，我不知道怎么安慰他，只默默地跟在他后面。虎子哥回家拿了饭去给那疯女人吃。疯女人抢起碗狼吞虎咽了起来。她吃完咧开嘴对虎子哥嘿嘿傻笑着。虎子哥的眼里突然闪出一种很特别的光芒。

过了两天，疯女人被村民赶走了。虎子哥对着那个空空的洞哀哀地哭喊着："妈妈，妈妈……"

夏天来了，天气开始热得不行，聒噪的蝉声把日子拉得格外长。虎子哥买了冰棍儿，用手一掰，一半给我一半他自己吃。我们坐在树下，仰头看着小鸟飞进飞出。后来小鸟就不见了。我问虎子哥它们去哪了？虎子哥若有所思，"他们长大了，到外面去筑新家了。"

虎子哥的爸爸又娶了一个老婆。那女人还带了两个小孩来，一男一女。爸爸不常在家，在家的时候，他们对虎子哥姐弟俩还算好，但是每当虎子哥爸爸到了外面工作，他们就变了另外一副嘴脸。后妈经常打骂虎子哥，说他淘气。姐姐护着虎子哥也会挨打。他们母子仨偷偷的把肉藏起来，等虎子哥姐弟俩睡着了再煮来吃。

有一次挨打后，虎子哥肿着脸对我说："小芳，我想去找妈妈。"我问他，你知道她在哪里吗？我不知道，但是我相信我可以找到她。我很难过，因为虎子哥走了就没有人保护我了，但是我又希望他能够找到妈妈。

我把过年剩下的零用钱都拿出来放到他的手上说："虎子哥，你去找妈妈吧，我在家里等你回来。"

虎子哥真的走了，但是很快就被抓回来了，又被痛打了一通。姐姐一边哭一边给他搽药。

后来，后母带着她的一对儿女走了，听说是嫌虎子哥的爸爸穷。

后来，我们都长大了。虎子哥没读什么书，早早就到外面工作去了。我们很少见面。有一年，我弟弟结婚他回来喝酒，那时他已经娶了媳妇儿，他们脸上洋溢着幸福的笑容。

看着虎子哥已经身怀六甲的妻子，我指着那棵蒲桃树对虎子哥说："哥，你看，树上有鸟窝。"

虎子哥就笑了。我们都笑了。

风中有棵马尾松

1989 年 10 月的某个上午，天异常的热，太阳把行人都赶进了路边的树阴里。蝉正让人心烦地聒叫着。

女孩软趴趴地伏在课桌上。她浑身发烫，晕晕乎乎地看向窗外。教学楼前那棵马尾松婆娑的叶子在燥热的微风中轻轻摇摆。光影斑驳着，影影绰绰投进窗子里。

教室里，卷着裤腿、趿着拖鞋的老师正口若悬河地用方言讲着课内课外的知识。其实也并不全算是知识，更多的是一些粗俗的闲谈，偶尔夹杂几句蹩脚的普通话，引得同学们哄堂大笑。

女孩心口作闷，好不容易熬到下课，向老师请了假，然后拖着千斤重的双腿挪向卫生站。

要经过一个亭子。女孩感觉目眩神迷，已经看不清前方了，她趔趔趄趄爬进了那个亭子。那个亭子叫思乡亭，是一个有钱的乡贤为了纪念他去世的父母而建造的。亭子周围种满了五彩斑斓的鲜花。女孩平时上下学的时候喜欢走进里面玩一下，但是这会儿她实在没有精力也没心情去观赏那些美丽的鲜花。她趴在石桌上休息了半会儿，然后又连滚带爬地摸向卫生站。

她恍恍惚惚间听到有人在谈论，"这个孩子在干嘛呢？怎么跟喝醉酒似的？"但是并没有一个人去扶她。

她觉得很无助。

还得经过一个坡。那个坡又陡又长，女孩几乎是匍匐着前进的，她感觉爬完那个坡已经用尽了她全身的力气了。似乎经过了一个世纪，她才爬进了卫生站。

坐诊卫生站的村医原先是邻村一个赤脚医生。他的外公是中非混血儿，他依然还能看出点非洲血统的特征：头发卷曲、下唇外翻、眼睛瞪得老大。

女孩看着他总是不寒而栗。村医虽然长得凶，但实际上很温和。他摸摸女孩的额头说："还在发烧，难怪你迷迷糊糊的。药吃了，怎么还不退烧的呢？"他似乎也没什么好办法，只是开了一杯红糖水给她喝。他说："兴许是那药力太大了，你身子虚弱受不了吧。"他让女孩喝了那碗红糖水后在病床上躺一会儿。他柔声问："要不要叫你爸爸过来呀？"女孩的爸爸是村委会干部，办公楼就在卫生站的旁边。女孩虚弱地点点头。她感觉再也没有力气自己一个人回到学校去了。村医过了一会儿又独自回来对她说："真不巧，你爸爸下乡去了。"女孩很是沮丧，躺了一会儿，又连滚带爬地自己一个人摸回学校去。

头依然晕得厉害，课定然是听不进去的了。女孩继续趴在课桌上看向窗外那棵马尾松。几朵白云在树叶的缝隙中飘了过去，仿佛一群胖墩墩的羊慢腾腾地溜达着。女孩的眼睑不觉垂了下去。

不知过了多久，女孩突然听到有同学在嘻嘻地笑着说："你们听，她打呼噜了。"老师也笑着说："她长得胖，睡觉是会打呼噜的。"同学们笑得更厉害了。女孩不敢抬起头，她把脸埋进自己的手臂里继续装睡。她的心里多难过呀。

女孩三四岁的时候腿跌断过，打了很多麻醉针，吃了很多消炎药，身体底子差了，经常生病。妈妈不知从哪儿给她搞了一些增强体质的口服液，结果体质没好多少，原先瘦小的身体却突然发胖了。

女孩经常受到同学们的嘲笑。有一回，她值日，放学后扫教室的卫生，同学们扫完地都一溜烟地跑了。她自己一个人拖着沉重的垃圾桶去倒垃圾。倒完垃圾回来锁门的时候额头不小心撞了门锁一下。她痛得眼冒金星，蹲下来哇哇地哭了起来。隔壁的学姐冷冷地哼了一句："死肥猪，哭什么哭！吵死了！"死肥猪，这是多么侮辱人的嘲笑呀。女孩收起哭声，自己一个人伤心地往家里走。

"死肥猪"的外号从那天起就拜那学姐所赐传了出去，班上的几个调皮男生总是大声地对着她喊这个难听的外号。女孩常常哭着跑回家。

回家的路上也经过一棵高大的马尾松。女孩捡起几根枯枝，把一堆马尾松的叶子卷起来，用干草扎成一捆扛在肩上拿回去给奶奶生火。马尾松的叶子像一根长长的细针，一节一节的，轻轻一掰就断了。女孩喜欢把它们掰着玩。马尾松的果实表皮上布满小棱角，就像迷你版的菠萝。女孩用细细的铁线穿过它们坚硬的壳，把它们串起来戴在自己的手腕上。她抬起手，一条特别的手链在阳光中竟然也发出特别的光芒来。

女孩低年级时一直很笨，总是考很烂的成绩。在同学和老师的眼里，她就是班上最笨的学生之一。

1993 年，女孩读三年级时突然开窍了，一下子听懂了所有的课。有一次，她的总分居然考到了全班第三。接过老师手中的奖状时，女孩分明听到台下有同学说："神气什么？不就是作弊得来的奖状吗？"女孩的笑容突然凝固在嘴角。讲台上的老师说："下次你要靠自己的努力来拿奖状，偷窃别人的成果是可耻的。"女孩很委屈，她用低到几乎连自己都听不到的声音说："我没有，我没有偷看别人的……"

回到家，女孩把奖状藏了起来，没有告诉家里的大人，怕他们也像同学和老师那样，认为她的奖状是靠作弊得来的。

她好难过。

有一天，奶奶搞卫生的时候在柜子的角落里找到了女孩的奖状。她问女孩为什么要把奖状藏起来。女孩眼睛一红，说："我怕你们也认为我的奖状是偷来的。"奶奶摸摸她的头，把她搂在怀里说："好孩子，奶奶相信你。"女孩终于哭了出来，哭得很伤心，但是却有一种解脱的痛快。

那年夏天，突然刮了一场很大的风，周围的树都被吹得东歪西倒，有些还被连根拔起。马尾松的叶子几乎掉光了，地面上铺了一层厚厚的叶子，但是它高大的枝干居然还是巍然不动。

女孩问奶奶为什么马尾松能在风灾中幸免于难。奶奶说："因为它的根扎得深呀，它的根扎得越深，长得就越高大，什么风都吹不倒它。"女孩扬起脸说："如果我可以变成一棵马尾松就好了。"奶奶看着她天真的眼睛，笑笑说："傻孩子，长大就好了。"

1995 年，五年级下学期，女孩来了人生第一次生理期。看着裤子上的血迹，她不知所措。她恐惧地问妈妈自己是不是要死了。妈妈说："你长大了。"她在柜子里翻出一条奇怪的带子，教她在上面贴上卫生棉。她说："换的时候不要被别人看到了。"

她悲伤地问奶奶自己什么时候才不会流血。奶奶说："等你也做奶奶的时候。"女孩很绝望，还得等多少年才到做奶奶的年纪呀？

那时的厕所是连排的蹲位，没有独立的卡间，甚至没有门，只砌一堵墙将男女隔开。厕所下面是开放的，有时上着厕所，突然下面就来个人挑粪了，根本没有隐私可言。

女孩不敢在厕所换卫生棉，怕被别人知道。她总是一个人偷偷跑去学校小河边的石桥下换。那段日子仿佛做贼一般。有时来不及换，裤子弄脏了就在座位上坐到放学，等大家都走了才出教室。女孩把衣服下摆拉得极低，书包拤在屁股上遮住，极艰难地走回家去。终于不可避地被发现了，因为在班上算是最早来生理期的一批女生，所以被其他女生指指点点，仿佛来了生理期就是坏女孩了似的。

女孩更加自卑，走路不敢抬头，把发育的胸藏在宽宽的衣服里。

奶奶说："长大就好了。"

那个腿有残疾的班主任常常叫几个女生到他房间去。女孩去过一次。他的房间喷了很浓的香水。他伸出又瘦又干的手指，女班长细细给他剪着指甲。女孩一直忘不了那股浓烈的香水味，还有他有意无意触碰她胸部的手。

那是她的噩梦。

女孩不敢告诉家人。长大以后，她很后悔为什么当初那么懦弱不举报他，让他受到惩罚。

因为他，女孩立志要做一名教师，一名品行端正、德高为范的人民教师。

十几年后，女孩真的成了一名人民教师，她始终没有忘记初心。

有一年去海边露营，女孩发现原来防风林居然就是马尾松。它们集结成营，共同抵御着肆虐的风沙。

她突然怀念起那些年的马尾松。

她，终于长大了。

她终于长成了一棵屹立风中的马尾松。

那个女孩是我。

那年冬至

那是 1986 年的冬至。

那天冷得很，路边的草都挂上了细碎的冰霜。爸爸搓着长满冻疮的手蹲在路边哆嗦。他的身旁是正奶着我弟弟的妈妈，还有一堆等着上秤的甘蔗。甘蔗已经砍了好几天了，切口处已经开始发红，再称不上的话人家又该砍价了。眼下这价可就够低的了。唉，爸爸无奈地叹口气，起身看看那条长队，脸上的愁容更深了。

"你先回去吃饭吧，你饿不得。"爸爸掖掖弟弟的小棉袄对妈妈说。

那年是旱年，稻子收成不好，纳了公粮都没多余的谷换钱了。乡下人说冬大过年，可没点肉哪像过节呀。奶奶看着妈妈煞白的脸，心疼这个连坐月子都没啥肉吃的儿媳。

奶奶终于把那只老母鸡杀了。

早上她起来给鸡喂上最后一把小碎米，摸着它灰麻色的背，喃喃自语："家里没多余的粮食喂你了。早该杀了，天天跳灶台。是该杀了，扒乱了我的毛线。不杀留着干什么用？又生不出蛋来了。"

鸡没有吃那把米。

奶奶哪里舍得杀那只鸡。那只鸡生了好多窝蛋，在资源匮乏的年代，除了牛，它可是最大的生产力了。那鸡怕人，看到人来便蹿到瓦顶上，可是它黏奶奶，在她的脚边绕来绕去，还跟她到田里捡谷子吃。她逢人便夸那只鸡神奇，竟然会打鸣呢！它一啼就该起床拔菜赶集了。

奶奶往青石板上戗快了那把钝刀。她把鸡抱在怀里，那鸡乖乖地靠在她的旧对襟麻布衣上，哀哀地看着她，低低地咕哆了几声。奶奶捂了一下它的眼睛说："不怕，不怕啊！"她枯柴一样的手颤抖了一下，拔掉了鸡喉咙上那撮绒毛，手起刀落，血嗞地就喷了出来。那鸡竟也不挣扎。奶奶等最后一滴鸡血落到搪瓷碗里，挽起衣袖开始烧水。那只鸡躺在灶前的草堆边，抖动了几下便没了声息。它的尾巴下居然滚落了一颗蛋。奶奶捧着那颗暖乎乎的鸡蛋，嘴里直喊，"阿弥陀佛，造孽呀！"爷爷把鸡往装了热水的桶里一掼，说："喊啥呢？背脊向天的都是给人吃的啦！"

那只鸡躲过了清明节，躲过了中元节，躲过了中秋节，躲过了村头独眼老赖头的棍棒，躲过了龙眼树上顽童们的弹弓，躲过了那场毁灭性的禽流感，终于没躲过奶奶手里的那把切过猪菜的刀。

那只鸡敬过了祖先，敬过了神灵，最后躺在了热闹的锅里。鸡汤咕噜咕噜，煨得奶白。奶奶眼睛红了，细声数落爷爷："咋把火烧得这么熏人！"

"真是好吃呀，要是天天有鸡吃该多好呀！"大家说。

奶奶没有吃，她背过脸去，揉揉浑浊的眼睛，埋怨那口不中用的牙齿。

故乡的小渡头

　　小时候，我的房间有一扇窗正对着江边的小渡头。我总喜欢站在窗边静静观望。

　　有雾的时候，整个渡头一片朦胧，仿佛笼罩在一层轻纱里，静谧，神秘。水波轻轻拍打着渡头的石阶，像是蒙了面纱的印度少女，妩媚浅笑，恬静却又微透点野性。河面上的船只像一片片荷花的瓣泡在蒸汽腾腾的浴盆里，若隐若现，只听得船开动时马达的启动声，夹杂着船家粗犷的歌声，由远及近又逐渐远去。船家少女蹲在船头洗衣低吟，如梦似幻，让人几疑是浣纱的西施。一切让人如入仙境。

　　下雨的时候，过渡的乘客挤在小小的候渡亭里热情交谈，家长里短，欢笑声和着清脆的雨声，格外温馨。雨水沿着渡头的石阶跳进河里，像玩累了的顽童投进了母亲的怀里。勤劳的渔民披了雨衣冒雨起网。背上绑了绳子和葫芦的渔家小孩从窗口伸出小手去接那冰凉的雨水，不时伸出舌尖去品尝它们的清甜。他们的父母一边忙着打捞顺流而下的枯树枝，一边叮嘱他们别淋着了。

　　深夜，四下寂静，只有岸边的小虫在鸣叫。渡头边的渔船上，渔民的狗偶尔对夜行者吼叫几声，更添了夜的宁静。渡头的塔灯仰视着头顶的皓月，渡头周围铺上了一层象牙白。灯塔、星月、流萤，在河水倒映里争相闪耀。船上渔妇柔声哄着梦呓的孩子。微风轻轻抚着渡头，白天的喧嚣，此刻变得多么静谧美好。

黎明，鸡啼一遍。勤起的渔民已生起了火开始做早饭，安鱼饵，准备一天的工作了。渔妇背着未醒的孩子，解开连着渡头铁环的绳索，与丈夫一起摇着船慢慢离开了渡头。月亮、星星渐渐退去，剩下塔灯独自照亮渡头。船上，阵阵的早饭香随着炊烟飘散开来。馋嘴的狗汪汪叫起来。于是，渡头也惺忪醒来。

人事匆匆20载。这20年里，我离乡别井，求学、工作、结婚、生子，辗转奔波，早已把他乡作故乡。世事纷争，人情淡薄让我一度觉得这人世间不甚美好。每次回到故乡，我都会到渡头静坐片刻。交通的便利让它日渐沉寂，我曾在它的静默中唏嘘叹息。但随着年龄的增长，我愈发觉得它的孤独是可贵的。耐得住，便就守得住。

在故乡静默的小渡头，我找到了最初的自己，我回头看着它，它向前看着我，我们相视而笑。

停　电

　　荧幕上江小鱼和花无缺正打得激烈，大伙儿看得紧张到要死，恨不得钻进电视机里告诉他们这一切都是邀月宫主的诡计，让他们亲兄弟别自相残杀。

　　突然，屏幕一黑，大伙不约而同"啊"地喊了出来，扫兴地说："哎，又停电了。"这是"80后"的童年最常见的情景。电视看着看着，停电了；饭煮着煮着，停电了；澡洗着洗着，停电了；茅坑蹲着蹲着，停电了……黑夜中经常充斥着彼起此伏的叫骂声，惊呼声，而后是习以为常的各种动作：找蜡烛，点油灯，打电火，串门的小孩摸着墙回家，家长叫喊着到处找孩子。

　　如果是冬天的夜里停电了，大家便窝在家里，不再出门，一家人谈论起平日里没空讲的话题。母亲一边小心地给我剪着蜡烛芯，一边叮嘱我认真完成作业，决不会让我以停电为借口落下功课。弟弟在一旁把烛泪收集起来，捏成各种模样：三条腿的青蛙，四只眼睛的怪物，犄角长在额头上的神兽，奇形怪状，天马行空。爸爸呢，爸爸慢条斯理地削着番薯皮，准备煮一锅老家特有的糖水，番薯煲煎堆。

　　等我作业完成了，弟弟便在灯前做出顽皮的动作，指着墙上的影子说："姐姐我是小狗，我要来咬你了。"我做出小鸟状躲过去说："我飞了，你逮不着。"一时间姐弟俩打闹的声音，凳子被撞到的声音，小猫被踩到尾巴的尖叫声，父母嗔怪的声音，填满了小小的屋子。

要是夏夜停电就更有趣了。

大伙搬了竹椅藤床到巷子里乘凉，邻居们端出自家的花生干和龙眼干来分享。如果这时有一块西瓜或一碗凉粉，那简直就是人间美味。小孩在黑暗中玩起捉迷藏，刺激快活。要么就是缠着巷头盲婆婆讲鬼故事。盲婆婆每次都讲食人外婆的故事。每次听完我们都吓得不敢独自上茅房。要有月光还好，要是无星无月，那可就更惊悚了。如果这时候飞来几只萤火虫，定然会把我们吓个半死。小时候，萤火虫在我们心中并不是美好的事物，因为大人吓唬我们说那是鬼火。几个胆子大的男孩把它们抓了，困在瓶子里提着到处走，在我们看来是多么的英勇神武。

夜深了，断然是等不来电的了，大伙儿意犹未尽的回屋洗澡睡觉。蛐蛐的叫声，远处的狗吠，竟为燥热的夜平添了一份安逸和静谧。

这时，突然来电了，心心念念的电视剧已播完，我们一边惦记着主角们的命运，一边在小风扇的摇晃中沉沉睡去。

跌跌撞撞的青春

我和朋友一起在火锅城里吃饭。鼻血毫无预兆地就从鼻腔里流了出来，殷红得吓人。

血印透了几沓纸巾，我的脸在洗手间的大镜子里苍白却很镇定。

我问蓝蓝："你怕吗？"

蓝蓝说："我不怕。"

这两个月内我流了4次鼻血。每次都流很多，就像失控的自来水一样。曹宇说："我和你其实是相同的人，我们都是在骨髓里颓废的人，所以我们都别奢望活得太久。"

一

我在娘胎里只呆了不足8个月。妈妈说我出生时哭声很小，就像一只遂死的猫。别人说早产儿很敏感。我想这种说法极对。我敏感而且自闭，经常会为别人一两句不经意的说出来的话而懊恼猜疑半天。阿弟说我是个怪异的女孩，喜怒无常，有时候竟像鬼魅。她说："你多笑点吧，你不笑的时候我会觉得很恐怖。"

阿弟是个活泼好动的女孩。她的眼睛不大却有股妖媚的灵气，嘴唇大而厚，像极了舒淇。男生们叫她舒淇时她就笑，笑容灿烂得像盛开的八月菊。她说话直白，坦率，没有遮拦，总让我沮丧而恐惧。

二

夜阑人静的时候，我会漫无边际地去想许多事情。徐帆饰演的青衣筱燕秋说："人在黑夜里看得最清楚的是自己的过去和将来，可是我两个眼睛一样黑，我什么都看不到。"

很小的时候我就被家人反锁在家里，因为那时候家在河边，他们怕我跑出去会淹死。有一天，门没锁好，我偷偷跑了出来，不料一条腿被别人的足球踢断了。从此以后，我看见球都会心里发寒。从那时开始，家人更加限制我的自由了。我每天被困在家里自己和自己玩。爷爷有空的时候就教我认字。于是我整天翻箱倒柜地找书看，连最旧版的《红楼梦》《西厢记》都被我看了个遍。我孤僻的性格就是在童年形成的。

后来上学了，开始的时候我经常偷跑回家。那个时候，爸爸的事业正处于低迷时期，他经常生气，知道我逃课回家了，就像抓小鸡一样把我拎起来重重地扔沙发上。我每次都吓得大哭。那时候我恨死了妈妈。我想不明白为什么平时很疼自己的妈妈在爸爸面前只会流泪而不阻止。被打多了，我就乖乖地待在学校直到放学才敢回家了。可我是个极不配合的小孩，总是闭着嘴不回答老师的提问，哪怕知道答案。如果不是每次都考很高分，老师肯定以为我是个智障儿童。

那时候，我念的那所小学在一个肮脏的市场附近。我每天在成群的苍蝇蚊子中穿过，呼吸着那股让人倒胃作呕的气味，感觉这个世界很让人压抑。

有一次老师布置了一篇作文，题目是《黄昏》。同学们都写了晚霞。他们都写晚霞很红很美丽。我也写了晚霞。我是这么写的：那天边的红霞活像市场臭水沟里那些被人扔掉的动物内脏，成堆成堆的还发着红。

评讲作文的时候老师专门点评了两篇文章。第一篇是那个很乖的女孩阿美的。我记得她大概是这么写的：那美丽的晚霞就像学校花坛里的大红花一样，红艳艳的。写得中规中矩。那女孩的脸也因为表扬而红艳艳的了。第二篇是我的。那个老师说话很粗俗。他是这样说的：形容得狗屁不通，就像大便一样。我当时很不服气，明明他的形容比我写的还肮脏嘛！结果那群听话的小孩就像看臭水沟的内脏一样看着我。我说："我看见的就是那样的。"那老师说："你有病的！"

后来想想觉得自己小时候真笨，根本不会捍卫自己的名誉权。

家访的时候，那老师在我家长面前列举了我的一些怪诞的行为。爸爸恶狠狠地对我说："你以后要听老师的话，不然打死你！"

爷爷很迷信，他认为我是撞了什么邪了。于是便带了我去当地的一间庙里祈福。

我记得那庙里俸的是梁公圣佛。那里常年香火不断。门前那几棵有几百岁的老榕树像几个挂了杖的老人驼了背在俯视着世人的正气虔诚或心怀鬼胎。

爷爷让我跪着给佛像磕头。当时我抬头看着那镀着金光的佛像，心里涌起的是害怕。他低着头，眼睛半睁着，嘴巴似笑非笑地闭着。我看着看着，突然就张大嘴巴哇哇地哭了。爷爷抱紧我的头，嘴里喃喃地说着，"有怪莫怪，小孩子不懂事。"我感到爷爷几滴温热的泪水落在了我的脸上，并在我的童年里留下了深刻的烙印。那是我记事以来第一次有了"我做错了"的意识。

三

在我的记忆中，整个童年里父母只吵过一次架。

那天晚上，妈妈心血来潮把相架取了下来整理。拿起结婚照的时候，她的脸突然发白了。她看见结婚照下压着一张女孩子的照片。

女孩很清纯很秀丽，扎了两条麻花辫，两个酒窝很迷人。妈妈拿起照片哭着对爸爸说："原来你还没有忘记她，那你去海南岛找她呀，去呀！"那是爸爸在海南岛的旧情人。爸爸当年在海南岛实习时认识了一个渔家姑娘，可是双方父母不同意他们在一起，因为相隔太远了，无论距离还是学历还是身份。迫于无奈，他们分手了。这件事情我早就从奶奶那里知道了。

当时爸爸听了妈妈的哭闹并没有大发脾气。他压低声音说："你别闹了好吗？"妈妈嘤嘤的哭着，"就知道你还没有忘记她的了。"爸爸不说话，一把扛起高大的妈妈走进了房间，还关上了门。

我以为爸爸要打妈妈了，就跑到巷头那儿找爷爷，爷爷搂紧我安慰着说："小孩子，大人的事不要管。"我舔着爷爷给我绞的麦芽糖说："爷爷，这就是爱情吗？像《红楼梦》里面那样？"爷爷失笑，"哦，我的朵朵长大了！"

第二天，我看见妈妈脸颊绯红，大眼里闪着妩媚的光彩，摆动着的细腰就像迎风的柳。无疑，妈妈是个美丽的女人。我发呆地看着妈妈晾衣，那修长的背影竟让我沮丧起来。我心里想，我何时才能长大？

过了几天，我的初潮来了，我吓得大哭。妈妈说："别怕，女孩子长大了都会来的。"于是我的心里便同时涌上了恐惧和兴奋。我很高兴自己长大了，可长大后许多烦恼就会接踵而来。

四

爱情是叹息吹起的一阵烟；恋人眼中有它净化了的火星；恋人的眼泪是它激起的波涛，它又是智慧的疯狂，哽咽的苦味，吃不到嘴的蜜糖。

——莎士比亚

看到这段话的时候我还是个懵懂幼稚的孩子，甚至以为亲过嘴就会有孩子。关于爱情我只有一个朦胧的概念。其实那时我身边已有很多爱情的例子了。我的表姐因为父母不同意她嫁到江西去而私奔两年。邻居哥哥因为一个女孩而直到三十几岁都未婚，他的妹妹则私奔6年之久。或许在如今，那种事情根本不算什么，但那是90年代初。在那个年代能做出这样的事来该需要多少勇气啊。

19 岁。是的 19 岁。我终于来到了 20 岁的门槛上了。我近乎疯狂地恋上了一个吹箫的男孩。他住在我宿舍对面的楼房里，与我们学校隔了一堵墙。每天中午放学后他都会站在阳台吹箫。他吹得很动听，一曲曲古典名曲犹如天籁之音。

在那些紧张、苦闷、困惑的日子里，我偷偷地迷恋着他，甚至不知道他叫什么名字，是干什么的。我就像森林里偷吃了巫婆煎饼的小妖一样兴奋而恐慌。

张小娴说，爱情就是一种盲目崇拜，时间和空间阻隔不了爱情。这句话只是那些痴情种子自己一厢情愿的想法而已。爱情是永恒的主题，但不会亘古不变。

后来，我离开家乡到外地读书。那时候我每天把那张劣质唱带翻来覆去地听了几十遍，听一遍哭一遍。那唱带 A 面是刘德华的《冰雨》，B 面是白雪的《千古绝唱》。泪水大概就是那时流干的。

五

在这所陌生的城市里，我无助地寻找一个陌生又熟悉的身影。这迷宫般的城市让我失去方向。夜晚的灯火让人感到无可抑止地空虚寂寞，心情常常无缘无故地滑向谷底。我对自己的形单影只越来越感到莫名的哀伤。这时候有一个人横空出世了。我仿佛一只惊慌失措的蛾，在氤氲的夜里看到一盏火花便不顾一切地扑过去，悲壮抑或愚蠢？还以为自己是一把成熟的麦穗，遇到火就会马上变成一束幸福的爆米花。

那场恋爱发生在 2003 年 4 月 1 日，就是愚人节那天，也就是张国荣飞越生死界线的那一天。我和张国荣以及众多愚人同时被耍了，被自己耍了。

那场恋爱骤来骤去。我像小时候每年在门前树干上划一道痕以记住自己又长大了一样，在心里又划上了一道刀疤。所不同的是心态，一种是兴高采烈，满怀激动，一种是哀怨绝望，灰心沮丧。那个男生却依然一副漫不经心、满不在乎的样子，仿佛失恋只是一次沐浴更衣。

难怪别人说，女人失恋留下的是伤口，而男人失恋留下的是老茧。

六

在这所陌生城市里，我每天以一种冷傲的姿态对待一切。很难让人相信，这样的年纪我就竟然不相信爱情与承诺了。我只有闭上眼时才能看见誓言逐个得到实现。但是白天要比黑夜长，在这凡尘俗世里，要面对的事情毕竟太多了。

失去爱情后，我把自己锁定在图书馆、阅览室，就像当年被家人锁住一样。

我把自己乔装成一个嗷嗷待哺的婴儿，如饥似渴地拼命往脑袋里填塞一些低俗暧昧或博大精深的文字，并记录下诸如此类的随感：张爱玲的温情背后裹紧了世故排闼而来；萧瑟苍凉，有一分伶仃的泪意；苏童的笔调阴暗潮湿，让人在晴天里都感到发霉的味道隐约充塞，呢喃或咀咒着这个世界；拜占庭的刺绣堪称绝伦，埃及蓝湖泊空朦着迷迭香……我用一些莫名其妙的语言抒发或宣泄着内心的惬意或郁闷。

这种姿态难免让人误以为我是个不食人间烟火的女子。但是我很恶俗。我其实也贪图吃喝玩乐，有时候竟奢侈得仿佛丧心病狂。也唯有这样，我才会心安。因为，我其实很害怕被这个世界遗弃，就像潜意识里一直惧怕父母遗弃他们的婚姻一样。不食人间烟火又怎会有这种来自凡尘俗世的忧虑？

师兄阿养一直很宠我。无论发生了什么什么事情，我第一个想到要找的人就是他。看病、拿稿去报社、去银行拿生活费……我每次都找上他，还乐此不疲地生着各种各样的病制造机会让他宠，头痛、发烧、手脚痛、拔牙……他带着我骑着他的无牌车在城市的每个角落里左闪右躲，并因此结识了不同类型的人。从报社主编到街头小贩，从银行点票员到牙科医生……每次都高谈阔论，相见恨晚。

我脆弱地依赖着他。我说："父母兄弟姐妹给我的亲情我都指望你给我了。"他除了无可奈何地对我翻白眼之外，仍然不厌其烦地宠着我。我常在午夜梦回时禁不住落泪，他毕业后我该怎样度过余下的一年？

　　许多时候我故意用文字或行为伪装得不食人间烟火。但是生于斯长于斯，谁又能真的不食人间烟火？

　　我知道自己需要亲情、爱情、友情。我需要空气，需要食物，需要一切社会元素。我渴望长大。我害怕死亡。

　　我知道，总有一天，我会在跌跌撞撞中长大。

写于 2003 年

高高举起的小手

我终于站上了讲台。

看着台下一双双高高举起的小手，我的思绪飘回了十几年前。

上午放学的时候，校长正在国旗下讲话。看到同村姐姐阿黑的鼻子上有点灰，于是我就踮起脚伸手往她的鼻子上掸了掸。突然听到校长大声喊道："你出来!"我愣在原地，不知道校长说的就是自己。校长怒气冲冲地走到我的面前，用手拎起我的衣服把我揪到国旗下，扯高嗓音对大家说："你们不要学她，我说话的时候竟然不认真听，这样的学生绝对是学不好的!"我不敢辩驳，只低着头听校长训话。

一只蚂蚁嚣张地爬上了我的脚尖，张开锋利的牙齿就咬了下去，我疼得眼泪打转，可我一动也不敢动。

校长训完话后，大家都四散回家了。我自己一个人哭着回家，路上没有一个同伴。大概大家都认为我不是一个好学生了吧，因为我是被校长批评过的，生怕跟我在一起，自己也不是好学生了。

路边的马缨丹开得真灿烂呀! 我摘起一朵，细细嗅着那一股奇特的味道。大家都说马缨丹的味道是极臭的，但是我却认为很好闻，我觉得那是一股浓浓的药香味。我喜欢马缨丹。我还在马樱丹花丛里捡过一窝鸟蛋呢。

校长和我是同一个村子的，我从小就怕他，因为他长了一张很严肃的脸。校长是阿玲的伯父。有一次，阿玲带我去他家看电视，刚走进门口，他就很严肃地板起脸说："进来也不知道打声招呼，真没礼貌！"我吓得连忙退了出去。

挨了这一次严重的批评，我想，我以后更不敢见校长了。我是不敢把这件事告诉爸爸妈妈和爷爷的。爷爷疼我，定然会同情我，但是我不敢告诉他，因为我不想让爷爷担心。

傍晚，我躲在村子的树林里摘山桔子吃，用树枝在人面树下画画。

我很孤独。

一只母鸡带着一群小鸡追赶着小虫子。我认得那是校长家的，因为母鸡的头顶上有一撮花毛，活像长了一小朵花。怕画被扒掉，我抬手去赶它们。母鸡以为我要攻击小鸡，便直冲过来啄我的手。我手一疼抡起小棍子就往母鸡身上砸，鸡群一哄而散。这时，我心里不知道升起一股什么劲儿，就猛地用脚往鸡群里踹。一只小鸡被我踩在了脚下，我松开脚，小鸡的肠子破膛而出，殷红的鲜血混着黑黄的粪便流了出来。我哇哇的吐了起来。母鸡发疯了似的往我身上扑，狠狠地挠我的脸。

我大哭着跑回家。爷爷问我怎么了？我说："我做错事了。"

从此以后，我变得沉默寡言，或许是因为被校长在众人面前训了一顿，又或许是因为伤害了一条无辜的小生命吧。

语文老师说星期五班里要上公开课，到时候全校的老师都会来听课。他发给几个同学小纸条，没有发给我。

公开课那天，班里坐满了听课的老师。语文老师提出的每一个问题都有同学举手回答，而且都回答得非常好，他们都得到了老师赞许的目光。其实，那些问题我都会答，但是我不敢举手，因为校长也在听课。我害怕自己再出什么差错，校长会更不喜欢我。有一个问题，回答的那个同学突然忘记答案了。她愣在那儿，很着急，老师也很着急。我终于勇敢地举起了手。老师犹豫了一下，还是把我叫了起来。我鼓起勇气大声地说出了自己的答案。老师向我投来了赞许的目光。我心里太高兴了，我终于得到了老师的表扬！我似乎看到了校长也在我的身后向我小小的身影投来了赞许的目光。

下课铃响了，我还沉浸在欢乐之中。几个同学突然挤了过来，恶狠狠的对我叫道："谁叫你回答问题了，这个问题本来是丽丽的！""本来是丽丽的？问题还规定是由谁来回答的吗？""是啊，老师早就安排我们回答了，你没有权利回答问题！"

我仿佛被什么咒语定在了原地，那么热的天似乎一下子变成了一个冰窖。

我最怕上体育课了。我身体差，跑步跑不快，跳远跳不远，跳高也跳不高。有一次跳高，我直接就从竹竿下面钻了过去，大家哄堂大笑起来。还有一次跳山羊，同学们一下子就跳过去了，我一个劲的往人群后缩，实在躲不过了，只好硬着头皮往上跳。第一次撞到了山羊屁股上，大家又是一阵哄堂大笑。第二次，第三次，我终于跳上去了，是的，我跳上去了，我坐在了山羊背上了。几个恶作剧的男生过来摇那只山羊。我吓得浑身发抖，那几个男生笑到东歪西倒。

我恨死那个发明跳山羊的人了。

一个午后的课间，小鸟在树梢上快乐地歌唱，含笑花的香味随着悠然的风钻进了我的鼻腔里。我拿根小树枝在地上画起了仕女图。我很喜欢画画，也没有人教我。那个时候，乡村小学的美术老师都是其他科任老师兼任的，上课就让大家随便画，想到什么画什么，喜欢什么画什么。每次我都能够拿到很高的分数，不得不说这是我的天赋。爷爷是个爱读书的人，他藏了很多图书。我最喜欢里面的连环画了，没事做，我就自己学着画连环画里的人物。墙上地上，甚至是废弃的瓦片上，哪儿都是我作画的地方。我仔仔细细地给仕女画上了一支漂亮的步摇。

"真好看！"头顶上传来一把浑厚的男中音。

我抬头看着那声音的主人，那是新来的年轻男教师，姓吴，刚好 18 岁，教我们音乐。我最喜欢听他唱完歌之后讲的故事了。他讲的故事都是我没听过的。村里的盲婆婆只会给我们讲那些吓小孩的鬼故事，而吴老师会给我们讲童话，讲神话。我最喜欢的是牛郎和织女的故事。

我还喜欢听吴老师吹小号。阳光下，瘦高个的他带着学校仪仗队的同学在操场上训练。他鼓起腮吹着小号，白皙的脸上泛起红红的云朵，有一股蓬勃的生命力。他手指修长，10个指甲修剪得整整齐齐，那是我看见过的最好看的手。我之前能够看到的成年男人的手都是粗糙的。爷爷的手，爸爸的手，村里那些长年累月干农活的伯伯叔叔的手，都像干枯的树枝一样，毫无生气。吴老师的手仿佛有魔力，他手指一挥，仪仗队就能够奏起动听的乐曲。我多么希望自己能够成为仪仗队的一员，但是我压根就不敢去参选。

吴老师的夸奖让我的心里开出了一朵花。"吴老师说我画得好看，那我画的就是好看的。"吴老师说："国庆节要到了，你也画幅画交上去评选吧，一定能拿奖！"

我用几夜的时间画了一幅西施浣纱图。那一幅画被张贴在了公告栏上。全校的学生都去看那幅画。大家赞叹着说，没想到我会画那么好看的图画。

我第一次找到了存在感。

每个星期五的傍晚，吴老师都会和新来的女老师阿梅一起骑自行车回县城的家。我呆呆地站在河的这边，看着他们过渡，看着他们推着自行车上坡，然后消失在河坝上。

好多年以后，我还是会想起那幅画面，那是一副很美好的画面。

我们的学校离县城比较远，听说梅老师一开始是不愿意来这个乡村小学的，但是吴老师来了，她也就留了下来。可是，她看起来似乎并不开心，因为她的脸上很少有笑容。

梅老师是一个很美丽的姑娘，长了一头很长的黑发，上面绑着一只美丽的蝴蝶结。她每天都穿着漂亮的裙子，腰身细细的。每次她从教室的窗前走过，我似乎都能够闻到她身上淡淡的桂花味。她的细高跟踏出的清脆的响声，像一首悦耳的曲子。

我想象着自己有一天也能穿上那样的一双细高跟。

乡下的男生很调皮，总是喜欢捉弄年轻的女老师。梅老师经常被他们气哭。有一次她晒在宿舍走廊的文胸不知道被哪个调皮鬼挂到了国旗下的含笑花树上。第二天，梅老师就收拾东西走了，再也没有回来过。

那天以后，吴老师就像变了一个人似的。从前温和的他开始喜怒无常，有时上着上着课，突然就会揪着一个调皮学生的耳朵，把他拖到教室外面去。有一回上音乐课，一个女生唱错了一句歌词，他居然让她跪了下来。

那个完美的形象，瞬间在我的心里崩塌。

好多年后，阿美告诉我，她在中山公园看到了吴老师，他的身边站了一个大腹便便的女子，那个应该是他的老婆吧。吴老师已经发福了，完全没有了当年帅气的模样。我想说，其实他早就变了。

我回过神来，看着讲台下的那些高高举起的小手。

它们仿佛一群快乐的小鸟，正自由地飞翔着。它们飞得很高，很高，很高……

离开是另一次启程

　　总会在欢乐喜庆中无端滋生出些许莫名的感伤来，或许这就叫作乐极生悲。这种情绪波动每个性情中人或多或少都会有。我是异常感性的人，所以这种情绪时常会病态地留存在我的体内。

　　有时候特别想逃离到另一个地方，独自一个人在那里孤独终老，躲开一切的情感冷暖。但是，我深知人生在世不可能不食人间烟火。传说中的桃花源、乌托邦都是虚有的，比古代男子臆想中的秦罗敷更缥缈遥远。于是，我对每一个人都笑得春暖花开。

　　我终究还是一个社会人。

　　凤凰树上长满了圆月弯刀一样的果实，那些貌似沧桑的武器生硬地勾起了众多毕业生的心绪。走过校道时，我时常会看着它们发呆，想着几个月前它们还是那么的缤纷，热闹非凡。

　　下一个花开的时节就该是我们离开的时候了。是该离开了。

　　现在穿起了高鞋，端起一副面孔装成熟的晓君在关养哥哥他们离开前稚气十足地说："我是骑了扫把的巫婆，我要凤凰树不再开花。"

　　现在想起会心酸地失笑。

　　人的悲欢离合与花的盛放凋零同样是自然万物的发展规律，是无法改变的，一切关于魔法师的传说只是大人胡弄孩子的伎俩。

　　刚进大学的时候曾苦苦思量，漫漫三年我该以怎样的姿态度过？如今毕业竟就迫在眉睫了。时光流逝的速度快得不可思议，用日月如梭去形容未免过于陈旧。人就像一只流浪鸟，从一棵树飞到另一棵树，颠沛流离，日夜兼程，都是为了活着。我们远离家乡求学是为了生活，而为了生活我们也必须离开。每一次的离开都是另一次旅途的启程。感慨是难免的，但我们别无选择。

任何的伤春悲秋在时间的面前变得何其的微不足道，那只是人生某个时期的状态，是消极颓废的，该摒弃它们去为下一次的启程做好准备。

离开时，我们该抛掉所有的失落挫败，然后带上勇气和斗志，为下一站生活昂然启程。

2004 年 10 月

烟火里的幸福

回娘家喝阿二的喜酒前，我跟老李吵了一架。

恋爱时我们偶尔也吵吵小架，每次都是老李缴械投降。我眼泪浅，一生气就爱掉眼泪，一掉眼泪他就心软。结婚后，我俩住在这么一个鸟笼子般窄的宿舍里，朝碰鼻子晚碰脸的，矛盾层出不穷，吵架就成家常菜了。吵了架，我还是会掉眼泪，可这眼泪后来就变贱了。我一哭他就烦。他说，你就会哭，还当自己是个小女孩呢。我说："你说话得公道点儿，我才25呢，要不是早早被你骗回来了，我还是花一朵呢。"这些话说多了，我们都懒得说了。吵了架我还哭我的，他不是打游戏就是夺门而去。

圣诞前收到了很多学生的卡片，我故意把它们摆在电脑桌上。我不是要炫耀，而是试图用这来提醒他送我点什么。平安夜过去了，他无动于衷。我忍。圣诞节的晚上到了，他坐在电脑前上网看他的功夫片。我忍无可忍了。我说："你就没打算送我点什么吗？"他按兵不动，"你还小吗？"那一刻我开始心凉。我知道再说点什么只会又招来一场无谓的战争。我决定选择沉默。其实每次吵架后，我都想离家出走，哪怕是到朋友家玩一两天，让他紧张一下也好。五一期间阿二的婚讯传来，这正给了我一个"出走"的机会。

坐在长途汽车上，我想哭。

阿二是我娘家邻居的第二个女孩。阿二从小就是个泼辣机灵的女孩，嘴巴皮子不饶人。小时候有一回她跟几个女孩吵架了，她说了一句让我记忆异常深刻的话。她说："看吧，将来我得嫁个非常非常有钱的男人，让你们嫉妒死!"当时我们笑翻了,说她不要脸。如今想来,命运有时真的是注定的。

婚礼当天,阿二化了个很漂亮的妆,笑靥如花。她身上的饰物比她脸上的笑容更灿烂。钻石耳坠,金项链,铂金钻戒,纤纤玉手上一边三个戴着手指粗的6个龙凤手镯。那些金灿灿的光芒耀得我的眼睛生痛。听说男家有4幢别墅、3辆车,有一辆是专门买给阿二的。真的是钱多得不可思议。看看她那位,身高不敢恭维,大概一米六吧,比我家老李还要矮很多。从前我还老取笑老李矮,不到姚明胳肢窝呢。可是人家钱那么多,矮点又有什么关系呢。

我想:我何时变得这么庸俗了呢。

从娘家回来,我发现自己的人生观价值观发生了改变,也许早就悄悄开始改变了,只是没有到临界点,不明显而已。

跟老李恋爱那会儿还念大三,不知道他那么穷。那时他在校外兼职,发了工资总请几个死党大撮一顿,当然也带上我。我不喜欢乱花钱的男生,但也不反感他偶尔的奢侈,因为那都是他自己赚来的。他给我找了份家教,晚上下了班,他会顺道用他那破烂的小绵羊带我回学校。说起那辆小绵羊,还真让我怀念。它常闹毛病,它还是因为闹毛病而做了我们的红娘的呢。没恋爱前我和老李只是见面打声招呼的师兄妹。有一天晚上,他在家教回来的路上遇到独自逛街的我,他问我要不要搭顺风车。那时我特别单纯,就那么轻轻巧巧地跳上了他的车子。如今想来,那是"贼船"呢。车到了半路死火了。他不好意思地说,这家伙又闹脾气了。我陪着他推着车一路走回学校。走着走着很戏剧地下起小雨了。他也很配合剧情需要地脱了外衣给我挡雨。我似乎在他那被雨淋湿的小眼睛里看出了什么。是环境原因吧。

那天以后,我们越走越近了。搭了几次他的车去海边以后,我们就开始恋爱了。

那个不知道愁滋味的年代,我们似乎特别容易满足,一碗素面、一盒双色雪糕就能让生活有滋有味起来了。

他开始向我透露他家很穷的事实。我说:"只要我们能幸福地在一起,我不在乎。"但第一次去他家的时候我就迟疑了。那条路还没修好,坑坑洼洼的还九曲十三弯。坐在车后，我的屁股受尽了颠簸。我甚至有了一种被拐卖的感觉。我一路想象着他家是如何的破落。还好，他家刚盖了新房子，看上去比自己想象中好多了。他母亲温暖的笑容让我有了一点归宿感。

老李毕业后在中学工作，每到假期他就跑回学院找我。我们一圈一圈地走着操场。那是校园恋人们廉价的约会地点。我们憧憬着美好的未来，憧憬着一种叫幸福的东西。那时我坚信我们一定会天长地久的。

很快，我也毕业了。我顶着家里的压力留了这座城市里。我甚至几乎和父母决绝了，因为他们反对我嫁得离家太远，尤其是知道老李的家庭情况后，他们更加反对。但他们最终还是妥协了。

刚刚工作就匆匆把结婚证给领了，不久，儿子就出生了。

我真的幸福吗？我常常想。

19岁那年，我爱上了一个吹箫的大男孩。那是我刻骨铭心的初恋。故事情节和大多数早恋的案例一样俗套而没有悬念。不可思议的是上大学后我竟然遇上了一个跟他长得一模一样的男生。他同样也是爱吸烟爱玩电脑，同样胆小懦弱，不敢承担责任。所幸因为这个，我虽然跟他缠绵暧昧了一段时间，但依旧身家清白。后来他说，这是他最后悔的一件事。说这句话的时候我已经产后发福，变成了一个60多公斤的胖女人了。他还说，我好想念那个齐腰直发，挎着小碎花包，瘦得我见犹怜的女孩哦。当时我端详着自己的水晶肘子，想起当年分手时他决绝的那句话，"我们是不可能在一起的，早分了，好适应。"

那次以后，他没再给我电话了，因为我把手机卡换了。

他最后跟我说的是，他是分手后才真正爱上我的。我没有告诉他，我分手后才发现自己根本没有真正爱过他，他只是一个替身而已。我不说，因为没有任何意义了。

很多年以后，我把初恋故事写成了中年版的三角恋，它在中文网络文学里红了一阵子。

后来老李也看了。他说不介意他不是我的初恋，因为我也不是他的初恋。他说这句话时我正嚼着一根芒果味棒棒糖。听到这句话时，我差点没喷他一脸糖浆。他那个所谓前女友我见过，五短身材，姿色平平。听我这样形容他的初恋，他也不生气，反而讨好地说："是是是，能追上你这个美丽的中文系大才女是我这辈子最光宗耀祖的事。"

我是因为这句令人喷饭的话而决定嫁给老李的。连老祖宗都搬出来了，能不感动吗？

穿上婚纱的时候，我想，我一辈子的幸福也许只有老李能给了。那个解不开的节就让它放在心灵的箱底吧。

生活有时候就像曾经最爱吃的芒果味棒棒糖，嚼着嚼着就变味了。其实它的味道应该是不会变的，变的是我们的味蕾，嚼多了就麻木了。

婚后和眉善目的老李越发变得凶悍了，没事老爱和我抬杠。看着他，我有时候会想到披着羊皮的狼。我还发现一个可悲的事实，他真的很穷。家里早几年盖房子的钱还有几万块没还。我从一个富女变成了一个负女。

工作后，我们住在一狭窄的旧宿舍里。老李把它美其名曰"单元"。十几平方的单间硬是用木板隔了一个洗手间，一个厨房，一个卧室，一个客厅，还摆了书架，几盆花花草草。以前我认为地方虽小，但总算有属于自己的小天地了，都还幸福呀。但时间长了，幸福的味道淡了，倒闻到了臭袜子的味道。老李很懒，袜子不常换，还这儿塞一双，那儿塞一双。我有洁癖，刚开始坚决拒绝帮他洗袜子，但后来受不了了，就只得把它们挖出来洗干净。第一次帮他洗袜子就洗了 12 双。老李看着那些在晾衣架上被风吹得欢蹦乱跳的袜子，露出了奸计得逞的笑容。他说："你以为你还是那个不食人间烟火的仙女呀？"

有时候我想，假如当初不拒绝阿卓师兄，自己如今又会是怎么样呢？

阿卓师兄在翻版初恋之后老李之前追过我。那时宿舍老没水，他总提着两桶水穿过校园送到我宿舍来，还一路用他特有的高声贝喊着，"咱给朵朵送水呢。"羞得我恨不得钻进被窝里去。我从小有鼻炎和风湿。阿卓师兄到处给我抄药方，足足一个笔记本那么厚。他说花了好几个通宵，可我随手就把它放一旁。情人节他送我的巧克力被他的体温融化了，我没敢吃，觉得恶心，就给楼管阿姨了。他知道我喜欢藤织品，就大老远跑去城郊给我买了两个花篮。他拿着那两个硕大的篮子转了几趟公车才回到学校。可那两个篮子后来被我送人了。他每天晚上都给我发信息，三个字：早点睡。

梦梦说我没心没肺，他都那样了还不接受他。我说，没感觉。

我跟老李开始恋爱的时候，他常在远处哀怨地看着我。我竟没有丝毫罪恶感。

听说他现在是一家物流公司的经理，未婚。

我决心做回自己，毕竟曾经的自己是那么的美好。

我重新开始练字，画画，开始练瑜伽，节食减肥。老李要不就熟视无睹，要不就泼我几盆冷水，别晃了，赶紧买菜做饭吧，要是摆几个造型就能甩掉这身肥肉，那你就真的是仙女了。我嗤之以鼻，"老李，你怎么越来越没口德！"

终于传来了阿山和阿美的婚讯。漫长的5年半，我的身材都走样了，幸福都变味了，怎么他们才结婚呀。我问阿美，"你们的感情还好吗？"她说："吵架，和好，和好，吵架，这就是小市民的幸福吧，都习惯了，就结了吧。"放下电话，我感觉有泪滑落。

儿子一直是婆婆带着。那次他肠胃炎，我回去看他，没想到第二天自己也感染了，又吐又拉。我被折腾得头晕目眩，躺在病床上打点滴。我难受得哭了。老李请假陪我。他擦去我的眼泪，说："你该笑。这个比练瑜伽有效，你都变苗条多了。"我破涕为笑。我说："老李，你嘴真欠。"

2009年的第一天晚上，我们躺在沙发上聊天。好久没好好聊过了。我说："老李，我以前不是挺清高的吗？为什么现在老觉得阿二的6个金手镯在我眼前晃呀晃的？"老李说："这是人生观价值观的问题。"我说："为什么我的人生观价值观就改变了呢？"老李想想，叹了一口气说："物价涨了，收入没涨呀。"他又转过脸说，别瞎想那么多，好日子要来了，听说我们的工资要升了。"

好日子来了，就会幸福了吧。

写于 2009 年 1 月

油纸月饼

临近中秋，树梢上的月亮拿起粉扑不紧不慢地把那点缺口填满。街上的灯光比月光更璀璨，大摊小摊的月饼档充斥了大街小巷。

婆家这边似乎不兴送月饼，除了家里长辈，我断不敢再贸然送给谁了，怕人家又得花时间回送自己，引起不必要的麻烦。

因为爸爸有工作单位，妈妈是养殖大户，所以小时候一近中秋家里的月饼就吃不完。爸爸单位的、亲戚的、朋友的、饲料厂的、鱼贩的、猪贩的，形形色色的月饼堆满了米缸。妈妈说月饼有油，怕弄污地方，习惯把月饼放进米缸里保存。

爷爷是看不上那些名不副实的大牌月饼的。有一年爸爸不知从哪儿拿回一盒七星伴月给爷爷。爷爷咬了一口说："嗨，死实死实的，一点都不好吃！净浪费钱！还不如吃我那纸包的呢！"

爷爷的纸包月饼是穷亲戚送的，他没半点嫌弃，没事做就泡上一大杯茶，听着粤曲边喝边吃。

我也跟着吃。

我喜欢吃这种包装最简单的月饼。一筒筒，只用一张簿簿的油纸包着，纸被油浸得透明，隐约能看见里面的月饼好看的形状，香味是藏不住的，直往你的鼻孔里钻。尤其是那五仁月饼，甜中带咸，还有香脆的瓜子仁和核桃仁，可有嚼劲了。要是咬中那肥猪肉粒就更妙了，滋的一下，喷香的猪油渗到你的齿缝中，真是齿颊留香。料足，味正，相比那些过度包装、华而不实的名牌月饼，我觉得那才是童年的味道，最纯粹的味道。

有一回，爷爷把一筒豆沙月饼忘在了楼梯下，那是他三姐送给他的。我们这个三姑婆最吝啬了，每年都是送最便宜的豆沙月饼。黑黑乎乎的，我们笑称那是牛屎饼。等发现那筒月饼，它都长出青霉来了。爷爷口里说着"可惜了"，手里拿刀把那霉块切掉，抓起里边没变色的馅就放进嘴里。爸爸着急地阻拦他说："老爷子，快别吃了，吃坏身体就不好了！"爷爷甩开爸爸的手，生气地吼了一句，"你怕是忘了什么是饿了！"

弹指一挥间，20 多年过去了，我已经忘了那回爷爷有没有吃坏肚子了，只记得那些年的油纸月饼的味道，还有爷爷身上跟油纸月饼一样纯朴的品质。

第二辑　吾心安处

花　事　未　了

风吹过稻田

故事要从我出生那会儿说起。

那个时候村里还有生产队。我出生那天晚上，队里要开会，妈妈捧着肚子坐在板凳上听队长分任务。会正开着，妈妈感到内急，就起身去蹲茅坑，这一蹲不要紧，可差点把我拉到坑里去了。妈妈感到不对劲，马上拉起裤子回家。刚躺上床，我就呱呱落地了。我出生时刚足 8 个月，不到 5 斤，瘦得跟小猫似的。

奶奶一看我是个女娃，脸就拉下来了。她说要给我起名转弟。转弟转弟，意图很明确，就是让我转个弟弟回来。爷爷读了不少书，在当时算是半个知识分子。他说人的名字是要跟人一辈子的，马虎不得，就叫碧君吧，碧玉般无瑕的君子。

（一）爷爷的小尾巴

为了让咱家早点添个孙子，我刚满两个月就跟爷爷奶奶住了。

爷爷是个木工，听说他的师傅是晚清有名的木匠，给慈禧太后做过梳妆台呢。爷爷的手工也不赖，我们家大大小小的家具大部分都是出自爷爷之手。他还给我做了很多玩具，有木马、木偶，更多的是木刀、木剑、木枪。不知道他做那些东西的时候是想把我培养成花木兰，还是想让我转个弟弟回来呢。

我从小就是在锯木声中长大的。爷爷说我小时候特好带，无论他的敲打声多响，我都睡得那么香。

爷爷很疼我，他总给我买好吃的东西。我最喜欢吃酸甜香脆的杨桃了，每次都吃得满嘴是汁。爷爷会在一旁笑呵呵地说："慢点，别噎着。"

我最喜欢做的事就是和爷爷一起去浇菜。我们家的菜地在稻田那边。每次我都会和爷爷穿过广阔的稻田去浇菜。爷爷挑着水桶走在前面，我在后面小尾巴似的跟着，时而拈拈蜻蜓，时而逗逗蝴蝶，还把野花摘了歪歪斜斜地插在自己蓬乱的冲天小辫上，自娱自乐。

那时的稻田四处飘着香味。天空似乎特别蓝，云朵白白的，软软的，像棉花糖一样。我总想飞到天空去尝尝它们是不是甜的。

我小时候瘦巴巴的，头发很稀疏，还黄黄的，跟稻草一样。虎子坚他们那群男孩老说我长得丑。有一回，我委屈地哭着回家告诉爷爷。爷爷疼爱地拉着我的小手说："我的君君最好看了，长大了得美死他们。"我听了便破涕为笑，然后天天盼着自己快快长大，好变成个美丽的女孩。

（二）爸爸的棍子

小时候我特别怕爸爸。记忆中他就是脸板着，时而给我瞪个白眼，教训我几句，叫我要听话，不准淘气。

可妈妈说爸爸其实是很爱我的。我刚会走路的时候，爸爸常常带我去地里看菜花。他把我放在肩膀上逮虫子，可疼我了。可这些我一点印象都没有，只记得爸爸是个特别凶的人。

有一次，我跟燕子、玲玲还有虎子坚他们玩过家家。几个大点的孩子怂恿我跟虎子坚玩"结婚"。他们说："结婚是要脱衣服睡觉的，你们就在华子的草房里洞房吧，我们给你们俩把门。"我当时还很小，不知道那是怎么一回事，只以为好玩，就任由他们嘻嘻哈哈地把我俩推进草房里。裤子刚脱了一半，就听见他们呜哇哇地大叫起来了。正寻思是发生什么事了，就看见爸爸火冒三丈地闯了进来。他不明就里地扇了虎子坚俩耳光，狠狠地训了他几句。什么内容我忘了，只记得他说了"流氓"两个字。然后我像小鸡一样被他拎了回家。身后，虎子坚哭得跟死了娘一样。

5岁那年，大人们要忙干活，忙带我那个刚满一岁的弟弟，所以早早地把我送到学校去读书。第一天上学是爸爸带我去的。他给我买了个熟得红通通的柿子，然后就去上班了。我当时很害怕，一切都是那么陌生。我不敢看其他的同学。我躲在自己的座位上，默默地把那个柿子吃了，吃得满嘴都是。我不知道如何是好，只得用手使劲地擦，结果越擦越脏。同学们都笑我。我看着他们那笑得像疯了似的模样，又羞又委屈，抓起书包就往家跑。路上的行人看见我也都笑了。

我心里恨恨地想着，该死的柿子，该死的学校。世界在我眼里突然变恐怖了。

后来，燕子教唆我去偷家里的钱买东西吃。我偷了几张出来，分了一些给她，剩下的留着自己用。我不敢买东西吃，就一直把它们塞在书包里藏着。爸爸发现以后把我狠狠打了一顿。我哭得死去活来，心里发誓以后再也不偷钱了。

（三）阿德子死了

第一次直面死亡是在6岁那年。

那是秋收季节，满世界都是稻谷成熟的香味。电动打谷机在轰轰地响着。我跟几个女孩坐在草堆上编草鞋玩。突然听到几个大人在池塘边大喊："快，快，出事了，去救人哪！"我跟大伙儿一起去看看发生什么事。还没到那儿就听到有人在号啕大哭。走过去一看，阿德子水淋淋地躺在地上，眼睛紧紧闭着，肚子胀胀的。

我问奶奶为什么阿德子总喊不醒。奶奶说阿德子死了。我问什么是死。奶奶拉着我往家走，她说，死了就什么都见不着了。我说也吃不着东西了吗？奶奶说再吃不了了。我说："奶奶，我怕死。"

两年后，阿德子的弟弟出生了，也取名叫阿德子。

（四） 妈妈的遗憾

妈妈年轻时是农场里的舞蹈队队员，长得高高的，模样很俊俏。爸爸就是下乡放电影的时候对她一见钟情的。小时候开家长会的时候，同学们都说我妈妈长得好看，我别提多自豪了。

妈妈很爱臭美，老问我她的发圈好不好看，衣服跟她般配不般配。特别是要出门走亲戚前，她总磨磨蹭蹭地在镜子前照了一遍又一遍。我拿着行李在门外等了又等，急得差点没哭。她在里面就一遍又一遍地说："再等会儿，就来了。"

我送给妈妈的第一份生日礼物是一个紫色的发夹，很漂亮的款式。她非常高兴。

后来我才知道我还有个妹妹。她比弟弟要大两岁，因为计划生育的原因，她被送给别人养了。我看见过她一回，是在过渡的船上。那时她大概五六岁吧，身上穿了条蓝色的裙子。我不记得她长什么样子了，只记得她跟我一样都遗传了妈妈的自然卷。

平日里，我们从不提起妹妹，怕妈妈会难过。

如今，她已经是三个孩子的母亲了。

（五） 马尾的命运

小时候除了怕爸爸，我还怕叔叔。叔叔在佛山工作，每次回家都会扛上一两箱厂里发的饮料。弟弟听到叔叔要回来的消息会高兴得一蹦三尺高，我却哭得稀里哗啦的。因为叔叔每次回来都给我剪头发。好不容易扎起的小辫子，手起刀落，刷刷就没了。叔叔只会剪那种"三齐"头，刘海齐，耳朵上齐，发脚齐。每次剪完了，我都不敢出门。一出门，大伙儿都管我叫"马桶盖"。

现在想想，当年我还挺"时髦"的。

上学后，我终于留了一把长马尾。妈妈帮我在上面扎个大红花，可漂亮了。后来那束马尾还是给剪掉了，因为我长头虱了。头虱是同桌传染给我的，还一传十，十传百，几乎所有同学都长头虱了。记忆中，那个年代所有的孩子都长过头虱，好像没长过头虱，童年就不算完整似的。

（六）稻香飘飘

稍大点，就得参加劳动了。农村里的孩子都是在田野里滚大的，我也不例外。

那时最怕就是收割稻谷，不但要受烈日煎烤，还要受责备，动作慢了是要挨揍的。最怕的是遇到蚂蟥。奶奶说人血有一种香味，所以蚂蟥特别爱吸。每次看见蚂蟥柳叶似的悠悠扬扬循味而来，我就吓得到处乱窜，跳到田畔死活不肯下来。

燕子家没田，收割时节，她会随她奶奶去帮她姑姑收割。每次她都会捧窝鸟蛋回来。我特羡慕她姑姑家的稻田能长鸟蛋。可燕子说："君君，长大了，你可别嫁到我姑姑村里去，她们村的稻田蚂蟥可多了，用瓢一舀，半瓢子都是蚂蟥呢。"我听了鸡皮疙瘩倏倏就起了，连忙撒手说："那我不要鸟蛋了。"

收割完了，各种果子就成熟了，酸酸的黄皮，甜甜的石榴，那是我们最幸福的时光了。

转眼，20 年过去了，仿佛就在弹指一挥间，这个世界就变了模样。这些年，娘家不断地变化，广阔的稻田变成了一个个波光粼粼的水塘。儿时的乐园一去不返了。今年回了一趟家，那条在村子上空横跨而过的高速路让我涌起无限的感慨……

几许梦回，那阵阵稻香依然随了那轻风飘来，萦绕不去。

2012 年

阿　细

前段时间，北大一个已故女生在 14 年前写的一篇获作文比赛一等奖的文章《卖米》在朋友圈里刷爆了屏。看完那篇文章，我很是感慨。

突然想起阿细。

阿细是我的同村姐妹，因为她是家里最小的女儿，所以取了小名叫阿细。"细"在我家乡的土话里跟广州话"舍"同音。阿细排行第五，上面还有 4 个姐姐，第三个不知什么原因没养活。阿细生得矮胖，黝黑的脸上全是晒斑，可一双眼睛大而有神，透出的都是坚毅。

阿细家穷，她从小就得干粗重的农活。那时家家户户都有好多田地，农村的孩子每天都得帮忙干农活，一到农忙更是别想去耍。阿细是我们的榜样。每次我想偷懒准会受到这样的训诫：你看人家阿细，又挑粪去浇地了；人家阿细又牵牛下田犁了。是的，阿细不怕苦、不怕累、不怕脏，赤着脚就挑起大粪飞奔。你哪有看见过 10 来岁的女孩会驶牛犁田的？阿细就会。牛那么凶、那么大，犁锹那么重，她个头那么矮小，可她就是敢学犁田。那牛差点把她拖倒，她也不怕，一亩田很快就被她犁好了。

阿细有个小她两岁的弟弟。阿细带着他去上学，书包里总是塞上两条裤子，因为她的弟弟会把屎拉在裤子里。阿细一边听课，一边照顾着弟弟，可她的成绩几乎是最好的。因为家穷，孩子又多，所以阿细的父母种了好多亩水稻和各种蔬菜，还在洲地上种了好多甘蔗。阿细每天放学后就得下田拔草，下地浇菜，去给甘蔗脱叶。玉米收成的时候，阿细把煮熟的玉米放在篮子里拿到学校去卖。阿细的玉米两毛钱一根，她一天能卖一沓零钱，可她从不买零食吃。有时，我们馋了会问家里要钱买根雪条，要不上钱就偷偷拿。阿细从不那样做。确实想吃了，她会把家里的豆子煮成糖水放去她大姑家的小卖铺里冰上。她捧着一漱口盅的绿豆沙慢慢舔，很享受地说："啊，好甜！"仿佛那是人间最美味的食物。

阿细是个能人。她会上树摘果子，多高的树她都能爬得上。她家果树多，每年夏天，她都摘了各种果子去卖，什么黄皮啦、龙眼啦、芒果啦、番石榴啦……

阿细还会游泳。谁家干鱼塘了，她准能捉到好多的鱼。一有空，她就会在自家鱼塘里游泳，顺便摸一顿石螺来吃。有一次，她的牛跑到河对面去了，她硬是游了过去把牛找了回来。我到现在还很记得她骑在牛背上过河的样子。初三那年，我们晚上在学校里住宿。放晚学后，体育训练完已经很迟了，回家吃过晚饭我们又得匆匆往学校赶。我们是要过渡上学的，我和其他人都坐小渡轮去。阿细为了省钱，常常自己撑一叶小舟过。有时晚上下了自修，她还会撑船回家，因为第二天一大早她要帮父母拔菜去卖。有一次，我和阿艳贪好玩坐她的小船过河。小船实在太窄，摇摇晃晃的，几乎把我们吓尿。阿细淡定地说："怕什么，我技术好得很呢！"

爷爷在世时，提起阿细总是一脸怜惜："阿细这个孩子真是好懂事呀！大年三十了，还在公路边守着一堆甘蔗等第二天一早称呀！连年夜饭都吃不上呢！你们相比她真是太幸福了！"

阿细是个乐观积极的人，她从不卖惨，你能从她脸上看到的都是笑容。她一笑，两个深深的酒窝就凹了下去，有一种难以言说的美。她不是个好看的女生，但总让人觉得舒服。

那年高考，阿细考试失利。知道了成绩的那天晚上，她跑去张怀锋家里哭到12点多。第二天，她很坚定地跟父母说要回去复读。她说，总之一定要读上大学，没钱的话就自己去银行申请大学生贷款，毕业后自己挣钱还。后来，她考上了武汉的一所大学。她跟我们说那里的东西特别好吃，又不贵。语气里没有半点独自在外的惆怅。她还从伙食费里省下了一点钱，给家里寄了一条特别大的咸鱼。她的妈妈说起这件事时特别带劲，她说："那条咸鱼真的很大很下饭，我们吃了足足一个月呢！"阿细的爸爸妈妈过去很凶。阿细小时候总是挨打，阿细也会应嘴，可是一点儿都不记恨他们。

前年，阿细的妈妈走了。那天下着很大的雨，阿细趴在山上哭到几乎窒息，身上全是泥水……

如今，我们都在为各自的生活奔忙，见面的次数极少。有时会点评下对方的朋友圈。阿细还是个热心的话痨，她每次给我的，都是正能量。

给妈妈的一封信

妈妈:

　　我亲爱的妈妈,提起笔来竟不知从何说起。想来这是我第二次给你写信吧,第一次是在 14 年前我大学毕业前夕。

　　那时,我铁定了心要跟他回家乡工作,我知道说服不了你们,所以不敢打电话告诉你们我的决定,更不敢回家。我思前想后决定还是用书信的形式跟你们说出我的意愿。我在信中表了自己的决心,我说我不怕苦,不怕穷,只要能和他在一起。你们收到信后火急火燎地给我打来电话,话语里满是焦虑和不安。你们叫我先回趟家,其他的事情慢慢再说,语气接近哀求。我知道我一旦回了家,你们肯定不会放我回来的,所以便狠心拒绝了。如今想来,那时你们该是多么难过呀。

　　你们第一次来我家是我和他结婚的前一天。因为路途太远,我不可能在娘家出嫁,那天晚上,我们在旅店里只谈了一会儿,爸爸便让我回房间休息,说孕妇不能太累。我看见你眼睛红红的,心里便像被什么堵住了似的。后来,爸爸跟我说,那天你哭了一路。那天你们下了长途汽车后心便凉了半截,因为当时这儿一看就不是个富裕的地方。你们在车站坐摩托车进村,十几分钟的车程几乎把你们的骨头都颠散了。你说你知道这儿不富裕,可没想到竟然会这么穷,连条像样的路都没有。

　　我和他是裸婚,连戒指都没有一个。因为他家穷,而我们那时工资实在是低得可怜。777.3元的月工资还不够我买手机钱的三分之一。爸爸跟你说我笨，没想到我娇生惯养的一个人竟然肯嫁到这种地方来。你们给我带了一笔挺厚的嫁妆钱，还送我一套金饰，好让我不至于嫁得太寒酸。后来生大儿的时候，你们又给了我一笔钱买营养品。那个艰难的岁月，要不是你们，我真的不知道该怎么熬下去。我都记着呢，哪里敢忘记。你说，嫁人嫁的是人品，既然是自己选择的，就好好过日子吧。回头想想，我的心里依然是满满的愧疚。你们生我养我，花那么多钱培养我，我一点都没回报过你们，只会不断地向你们索取。

近日看了《都挺好》，心里说不出的难受，曾经我也是那个啃老的苏明成啊。可是，在这之前我一直认为自己是被嫌弃的苏明玉。我一直断定你们是偏心的，你们的心里只有弟弟，没有我。所以从小我就想着有朝一日我一定要离开你们，去寻找自由。那时的我是多么天真、多么幼稚啊。直到后来我也为人父母了，也生二胎了，才知道，父母哪有不爱自己孩儿的呢。我后悔曾经对你们说过那些狠心的话。那次好像是弟弟打了我吧，我气你没有惩罚弟弟，于是便向你大吼："我恨你们，你们就不该养我，这么偏心当初为什么不把我扔掉！"那次你边哭边狠狠地打了我一顿。后来我才知道，为了生弟弟，你和爸爸曾经放弃过一个女孩。那是你们一生的痛。而那次，我的话该让你们有多么伤心啊！

时间过得好快，国家飞速发展，社会有了日新月异的变化。感谢国家，感谢党，让我这个远嫁的女儿有了回娘家的底气。

如今，我们的工资比以前涨了好几倍，生活质量好多了，孩子们都很听话。这下，你和爸爸该放心了吧。

我的傻妈妈，你有事总是隐瞒我。弟媳告诉我你又做了一个手术，这已经是第二次了，我竟然一点儿都不知道。我问你为什么不告诉我，你说："都是小事，没什么好说的。"不是这样的，妈妈，我希望你什么都跟我说，就像小时候我一生病就撒娇让你给我买馄饨一样。我们是母女呀，要修多少福分才能做母女的呀，你说是吗，妈妈？

妈妈，我突然想吃你做的濑粉了，下次回家你就做，好吗？我和弟弟还像小时候那样轮流吃那块粘在濑粉盅底的粉片。我们不争不抢,相亲相爱,不会再惹你生气了,真好!

　　好了,信就到这里吧,下次回家再听你唠叨,你也别嫌我话多,我们谁也别嫌弃谁,好吗?愿你安康,快乐。

你的女儿　敬上

2019 年 4 月 18 日,夜

生命里的三把雨伞

从记事到现在，我曾拥有过许多把雨伞，直骨的、折骨的、花的、净色的……它们从不同的地方来到我身边，又遗失于不同的地方。

大部分的伞，我已忘记了它们的样子了。然而有三把伞，我至今一直没有遗忘。我想，这一辈子也不会遗忘的。

（一）

5岁那年，我开始了我的读书生涯。爷爷买给我一把小巧的直骨伞，伞面是七道不同颜色的圈圈，像绮丽的彩虹。爷爷对我说："以后的日子你得自己撑伞了。"我的心从那一刻起，开始被梦想填充起来。

那把伞真的很好看，全校再找不到第二把了。我无论晴天雨天都把它带在身边。那个时候我胆小、害羞，样子平凡，全校没有多少人知道我的名字。直到我的作文和画被登在校刊上才开始有人注意到我。他们把我称呼为"那个撑彩虹雨伞的女孩"。这个称呼竟满足了我年少时小小的虚荣心。

那把伞，我一直用到五年级。那天雨很大，风很猛，我的彩虹伞被掀翻了，主骨断了，其他部位也散了，在我措手不及间，它被损坏得惨不忍睹。我沉默了很久，突然放声大哭起来。它破了好多次都被爷爷补好了，但是这一次再没有人能把它修好了。

我的彩虹雨伞后来被奶奶扎成稻草人，放在禾苗丛中。我每天上学放学总忧伤地看着它孤零零地站在那里，颜色渐渐淡去。

稻田收割的秋后，我再也没见到我的彩虹伞了。我终于失去了我的彩虹伞。那年，我从天真的女童变成了初悟世事的少女。

（二）

被我在乎的第二把伞是一个男孩送的。那是一个雨天，我被困在学院图书馆里。他头发湿答答地跑到我跟前，说："雨伞借你吧，我跑得快！"那把伞米兰色，上面画着一枝蜡梅，透着脱俗的古典美。伞是崭新的，还挂着天堂伞的牌子，分明是刚买的。我高傲的心竟然泛起了小小的涟漪。

那年的雨季里，我们在那把伞下重复着美丽而俗套的初恋故事。

那把伞最终也逃不过被风雨摧残的命运，就像我们青涩的爱情。修伞的阿姨说："扔了吧，没法修了。"

分手那天，我问他为什么。他说，我们的爱情就像那把雨伞一样，看似美丽，其实经不起考验，形同虚设。

（三）

后来。

后来，丈夫用一把伞把我接进了他的生命里。那把伞很喜庆的样子，红如烈焰，伞面上几朵代表幸福富贵的牡丹开得如火如荼。那一刻，我终于把自己的终身托付出去了。

那把伞，我一直舍不得用，丈夫问我为什么，我说害怕它被弄坏。丈夫搂紧我说："坏了也没关系，那只是结婚这个形式的道具而已，真正庇护你的不是一把小小的雨伞，是我。"

爷 爷

爷爷本姓骆，佛山人，1930年出生。

爷爷8岁时在战火中失去了父母和两个哥哥，大姐独自逃生去了台湾，至今生死未卜。辗转30年后，爷爷才与二姐相认。爷爷从佛山逃到三水，一路行乞，进过国民党的牢房被当成汉奸看待，8岁的小孩而已，竟然受了这等莫须有的罪名。

后来爷爷被四会一户姓宁的人家收养，从此成了一个四会人，但是爷爷还是固执地不肯改变他的佛山口音，他说他的根在那里。爷爷十几岁去当学徒，后来考进国家工程部，造过长江大桥。成家立室后，带着奶奶随工程部走南闯北。爸爸是在湛江出生的，大姑和叔叔是在郑州出生的。后来爷爷调去大连，奶奶水土不服长期便血，于是爷爷毅然放弃大好前程，携着妻儿回到四会。二姑便是在四会出生的。

有一次，爷爷在弟弟的车上又说起小时候的事情。他说他8岁就没了父母，两个哥哥先后遇难，自己又差点死在反动派的牢房里，还当过乞丐。他每天都念叨这些。看着几乎没有了听力，老年痴呆的爷爷自言自语的样子，我真的很心疼。

从小到大，爷爷最疼我了，而现在我却不知该如何进入他的内心世界里。我开始后悔自己嫁这么远。

爷爷和奶奶争吵打闹了一辈子。奶奶中风入院的前一天，爷爷还差点扬手打了奶奶，幸亏邻居救架。奶奶现在神志不清了，可还总念叨着爷爷，她抓着床把说这些东西是老头子做的。爷爷去看奶奶的时候他们相对垂泪，爷爷一定很后悔。年轻时奶奶跟着他走南闯北，虽然打闹了一辈子，但我知道他们彼此相爱。或许这就是世间最真挚的爱情吧。

我有一次回去帮爷爷洗了一张毛毯。奶奶说，是那张毯子当年盖着太奶奶（爷爷的养母）的寿棺上山的。很奇怪，我竟然没有丝毫的害怕，只是觉得有些敬畏。

爷爷信佛信命，相信世间有善恶之报，所以他一生不曾做过什么伤天害理的事。他说三尺之上有神灵。每逢初一、十五，爷爷都会斋戒，并在观音像前念念有词，祷告或是反省。奉香更是每天早晚必做的事情，每次都是那么虔诚。

爷爷拿一份报纸给我看，他神情很忧伤。他说："日本要来抢钓鱼岛了，中日战争很快又要开始了，如果打起仗来，你们夫妻俩一定要带着孩子，去哪都要带好。"我安慰他说，中国现在不会再被日本欺负的，但是爷爷不相信。他说："日本人很凶残的，我8岁那年被抓进牢房里了，幸好一个叫李定民的军官救了我。李军官后来在'文化大革命'的时候差点就被害死了，但中国共产党又把他给放了，好人就是有好报，所以我很信佛，佛告诉我要积善行德。你爸和你叔当我是傻的，不让我烧香拜佛，中国共产党有条文规定，公民有信仰宗教的自由是吧，所以后来你爸爸向我赔礼认错了。"爷爷完全沉浸在了自己的世界里不停地自言自语。

我小时候那个爽朗的爷爷如今变成这个样子了，我的心里有说不出的难过。爷爷还说："君君，这次可能是爷爷最后一次看见你了，我知道自己很快就要死了，梁公圣佛说过，我过不了85的。"

我的眼泪终于就忍不住流下来了。

爷爷还说："那条毯子以后就陪我去吧。"

昨晚做了一个梦，梦见自己受了委屈，然后跑去爷爷那儿抱着他哭个没完。梦里的自己还正年幼。

原来一直无法忘怀小时候爷爷对我的宠爱。

小时候，爸爸和妈妈不知为何要我放在爷爷家养。我就一直跟着爷爷奶奶住，一直到10岁。

记得小时候我总喜欢抱着爷爷的手睡，我觉得那样很安全。我对爷爷说，我长大了也要一直跟着他。爷爷捏着我的小鼻子说我傻。他说女孩子长大了就要嫁人。我曾问爷爷为什么爸妈不接我回家，是不是他们都不喜欢我了。爷爷说我有一天也会为人父母的，到时候就知道了。

爷爷是个爱读书的人。他收集了很多书籍，外国的、中国的、古典的、现代的……我最喜欢翻他的连环画看了。看到画得漂亮的仕女还偷偷地把她们剪下来到处乱贴。爷爷看了很生气，然而却不打我。

爷爷鼓励我学唱歌、学画画。我还没上学就被邻居称为"小才女"。回想起来，爷爷还算是个素质教育的先行者呢。

我5岁那年开始上学，因为年纪小懂得的事不多，反应也没有别人快，所以常遭同学欺负。于是我总是逃学，因此老挨爸爸打。爷爷总生气地数落爸爸。他说："平时少管孩子，现在却常打她，以后她哪敢亲近你？"爷爷是说对了。正因为爸爸的严厉，我从小就不太敢亲近他，对他很是畏惧。爷爷说为了让我乖乖上学，他就带我去了一趟梁公圣佛庙。看着佛祖金灿灿的脸和十八罗汉狰狞的笑，我吓得哭了。爷爷和蔼地对我说："不用害怕，佛会保佑听话的孩子。"

那次以后，我真没逃课了，怕佛祖惩罚，更怕爷爷失望。

我后来知道了世间并无所谓的神鬼妖。我崇尚无神论，但却从不鄙夷爷爷。

因为嫁得远，出嫁的那天我没能从家里出嫁。听说爷爷独自在房间里流泪了。我曾跟爷爷说要永远留在他身边的，如今却嫁得这么远。

每次回娘家探亲，我都买些东西给爷爷奶奶。爷爷总是叫我下次别买。他说我两口子工资不高，现在又有了小孩，不能太浪费。每次我都会在回家的长途车上暗自落泪。

不知道下次回娘家爷爷还会否安好，因为他的身体已经不容乐观了。

2011 年

后记：写完此文的第二年，爷爷去世了，那天刚好是我的农历生日。

故　事

故事，是已然故去的事。

红漆铁栅门

爷爷在世时，我每次回乡下老屋他都要拉着我的手去看那扇涂了红漆的铁栅门。他问我还记不记得那扇门。

我当然记得的。

小时候，大人没空管我，爷爷怕我走丢就叫人焊了那扇铁栅门，他亲手给它涂上红漆，然后把我关在里面。我扒着栅门，眼巴巴地看着外面玩疯了的小伙伴们。时间久了便无趣，转身回里屋，弄张床单把桌子罩住，然后钻进去和小猫玩过家家。

在那段一个人的幼童时光里，我学会了照着小人书画人像，并自言自语地给他们编故事。

如今想来，那时的我应该有着与年龄不符的眼神。那种眼神里透着的应该就叫孤独吧。

半截钥匙

老屋有两个大间，一边是爸爸妈妈和弟弟住的，一边是爷爷奶奶和我住的。我出生两个多月就跟爷爷奶奶住了，虽是一墙之隔，总感觉那是两个不同的世界。

爷爷对我来说是个了不起的人，什么东西到了他手里都是极有用的。家里的所有家具都出自他的一刀一凿。爷爷爱写字，爱看书，家里到处都是他四处找来的书。我最初的学识不是从学校而来，而是从爷爷的藏书而来。我最喜欢看小人书，高尔基的三部曲、《西游记》《三国演义》《昭君出塞》《吕不韦》《红灯记》……到现在我还记得里面的人物形象。

后来不知怎么的，那个装满书和各种小玩意儿的柜子就打不开了，爷爷说钥匙丢了。我试着把家里的钥匙一条条地往那个锁孔里插，当然没有一条合适的。我不死心，硬是一个劲儿地把钥匙往里扭。突然，钥匙就断了，半截钥匙塞在了孔里，任我怎么撬都没能把它弄出来。爷爷说柜子是太爷爷留下来的，太老旧了经不起敲，就别折腾它了。

那半截钥匙就那样永远地留在了锁孔里面，我看过的那些只是囫囵吞枣一知半解的故事就永远地锁在了那个老旧的柜子里面。

门前麻石板

突然想起老屋门前的麻石板。

老屋已然在去年变成了气派的新宅，所有关于过去的痕迹都了无踪影。

回去喝进伙酒的时候，我突然涌上了一阵不合时宜的惆怅。姑姑说："旧的东西总是要被新的事物取代的，就由它去吧。"真是这样的吗？我踏着光洁的瓷砖地板，总感觉少了点什么。

是啊，今晚突然想到少了的原来是门前的那条麻石板。

小时候，爸爸妈妈总有忙不完的事。早上，我起床后总要揉着惺忪的睡眼，蓬头垢脸地坐在门前的石板上发一会儿呆再去洗漱。有时坐着坐着就蜷缩在石板上又睡回去了。

夏天的午后，放学回来，肚子饿了，饭点未到，我扒拉开碗柜看看里面是否有剩饭，然后挖半块腐乳就坐在麻石板上有滋有味地吃起来。

弟弟小时候调皮得跟小猴子似的，他总爱在石板上蹦来蹦去，有时直接就从石板上跳进一米多以下的巷子里。我总担心他摔着了。他皮实，即使摔破膝盖也不哭，往伤口上涂点唾沫星子又继续跳。

我们坐在石板上写作业，写完作业就画画，我画仙女，他画机器人。他叫我给他画个孙悟空，我不会，就给他画了个嫦娥，他瞟一眼表示不感兴趣，老气横秋地说："女人有什么好看的。"

今天晚上我给弟弟发了微信，问他那条石板弄去哪儿了。他说："不记得了，也许是被泥水工堆到了塘边的黄皮树下了吧。"

不禁一阵失落。

唉，其实少了的岂止是门前那条麻石板呀！

过 江

我小时候生过一场治了挺久的病。

那时候，爸爸有好长一段时间中午一下班就到学校接我放学，然后用他的自行车载我去市里一老中医那儿看病。

我们先去渡头坐船过江，然后抄小路去市里。江面不宽，没个几分钟就到了对岸，可爸爸总对船家说："阿哥，麻烦您驶快一点。"我倒是不急，探头看着水中鱼儿追小虾。爸爸拉我坐下，说："小心别掉下去了!"我不以为意，又转头四处张望。我渴慕着江边人家种的那两棵开得红火的木芙蓉，我从未见过那么高大茂盛、开花那么好看的木芙蓉。还在张望着，爸爸一把把我挟了上岸。

上了岸，先经过一段堤坝，坝是凹凸不平的黄泥地，直把我颠得屁股开花。我问爸爸为什么不骑去大公路，那儿平坦。爸爸说大公路太远。爸爸一路小心翼翼地绕开那些牛尿氹，而后下坡，飞奔在公路上。

我抓紧车后架，感觉爸爸的肩胛骨把我的脸都杵疼了，我往后仰了一下，爸爸反手将我一拉，喘着粗气说："坐稳啦!"

夏日的炽热似乎遗忘了这条林荫道，呼呼的风吹得我好不惬意。每次经过那间旧房子我都会回头看看那棵开满粉红小花的玫瑰，我多次央求爸爸停车让我摘一朵。有一回，爸爸终于放了我下来。他看着手表催促我快点。我如愿以偿摘下一把芬芳的玫瑰花，开心地爬上爸爸的车后架。这下，连风都是香的了。我一路兴奋着，仿佛忘了自己是去看病的，也没感觉身上有多难受。

到地儿了，下得车来，爸爸满身湿透，汗水一滴滴地从衣尾掉到地上，砸开灰尘，居然画出几朵小花的模样。

我摸摸自己干爽的额头，感觉不可思议。

把脉、询问、开药、抓药，年迈的老中医慢条斯理的。爸爸也不敢催，只是一次又一次地看表，神情着急地小声对我说："你要小便就快去了，等下没时间停车。"

归途时爸爸骑得更快。我看着路边的饭店一闪而过，对爸爸说："爸爸，我饿了。"爸爸说："你妈妈已经做好饭等我们了。"我心想，分明就是抠，不舍得在外面吃。

回到渡头，船家已经回家吃饭去了。爸爸隔着江扯起嗓子喊："过海啊，过海！"我们那儿的人大多没见过海，总把那条江叫作海。

爸爸喊到嗓子哑了，船家终于来了。下得船来，爸爸弯腰对船家说："阿哥，下次可不可以早点开船，我女儿要赶课。"船家口里应承着，可下一次照样要爸爸喊才出来开船。

回到家已是 1 点 45 分，2 点就要上预备堂了。爸爸边给我夹菜边说："吃吧，我已经跟老师说好了，耽误不了你上第一节课。你回到学校赶紧补上中午作业，自己交给老师啊！"

时间一眨眼就过去了 20 多年，爸爸早已不骑自行车，那船家也早已退休，也没多少人坐船过江了。

每次回到娘家，我总会到江边看看。

江水依然荡漾着流向远方，我仿佛听见爸爸在对岸喊着：喂，过海，过海啊……

那些飘在记忆中的味道

突然惊觉我离开家乡来到阳江已经 18 年了。

我爱上了这座海滨城市，爱上了这里的美食。猪肠碌、海鲜圆子、蚝饭、鱼饭、鹅姆饭、各色生猛海鲜，无一不让我垂涎。可是，午夜梦回，我难以忘怀的是故乡的人、事、物，尤其是属于故乡的味道。

白水煮米粉和粉角

我不止一次跟我的学生说起妈妈的白水煮米粉。

小时候，妈妈每天都很忙，一大早她就起床拔菜拿到市场卖。除非是周末或假期，不然她肯定会煮好早餐给我和弟弟吃，然后再赶去卖菜。妈妈的早餐很简单，要么就是蒸热前一晚的剩饭配以酸豆角酸瓜或咸菜或腐乳，要么就是白水煮米粉。

米粉是没有放任何配菜的，只放一勺盐巴调味，要命的是她还经常改放一把白砂糖。我小时候特别讨厌吃甜的东西，于是把放了糖的米粉捞起来，用开水冲洗，然后放上酱油拌匀，这样一来又甜又咸更难吃了。

后来，每次回娘家我都要去买上一大袋米粉干。煮的时候我会配以各种海鲜，味道鲜美到让人放不下碗。但有时我竟然会若有所失。

回想起来，这些年吃过那么多种口味的米粉，最难吃的就是妈妈的白水煮米粉了，但偏偏最难忘的又是妈妈的白水煮米粉。

妈妈还有一道秘制早餐叫白水煮粉角。遇上雨天或菜赶不上市的时候，妈妈就会做白水煮粉角给我们吃。

那是一种用黏米粉做的小吃。首先把米粉放进瓦盆里，放点水搅拌成稠泥状，然后用筷子夹进烧开了水的锅里，粉泥要夹成菱角状。

我一直以为那是挺简单的操作，直到二十几年后，我自己尝试做了才知道，那是需要技术的。原来妈妈的手是那么的神奇。

妈妈的白水锅里只放姜片和盐巴，味道寡淡。我们通常会加上酱油，味道似乎就丰富多了。

妈妈搅拌完粉泥后，会把整个瓦盆倒放进锅里煮，因为盆底还有一层粉糊搅不干净，她舍不得浪费。我和弟弟特别喜欢那块粘在瓦盆底的粉皮，薄到透明的粉皮又爽又滑，蘸点酱油简直就是人间美味！每次我们都抢着吃，为了公平，妈妈要我们轮流吃。于是白水煮粉角竟然成了我们期待的食物。

爷爷的梅菜包子

记忆中，爷爷只做过一种包子。

那是用梅菜和腩肉剁成馅做的包子。每年特定的日子，爷爷就做来祭拜他的姐姐。他说那是他姐姐最爱吃的点心。

爷爷和他的姐姐在战争中走散，好多年后爷爷成家立业，在他乡开枝散叶了，几转周折才找回了他的老姐姐，可没过几年姐姐便去世了。

那成了他一生中的痛。

爷爷给他的姐姐做了衣冠冢，每年清明或是她的生忌亡忌都会做了梅菜包子上山去祭祀。他一去就老半天，他说有好多话要跟姐姐说。

小时候我们不懂，以为爷爷迂腐，死去的人怎么还听得到活着的人说话呢？只觉得包子好吃，可惜太少了，几姐弟只能每人分一小个，没尝出啥味就没了。我只记得包子是咸的，吃完嘴里有梅菜的味道，但似乎并没有尝出里边放了肉。

奶奶的干晒番薯叶

一到拔番薯的季节，奶奶便有得忙乎了。拔番薯、拣番薯、晒番薯、剁番薯藤。

剁番薯藤干吗？老的用来煮了喂猪。嫩的晒干，用盐巴揉揉搓搓放瓦埕里存着，拿出来一蒸就是一道风味独特的菜了。

爸爸特别喜欢吃奶奶晒的番薯叶。他隔三岔五就去掏奶奶的瓦埕，边掏边讨好地说："老妈子的番薯叶最下饭了！"奶奶笑眯眯地说："别掏光了，要留点给我啊！"

这大概就是奶奶最有成就感的时候了。

2012 年，我带大儿回娘家过年，久违的番薯叶干又出现在了餐桌上。我问奶奶为什么还晒这个吃，现在又不愁没钱买菜了。奶奶夹一小撮番薯叶干往碗里一拌，说："习惯了，吃不上不习惯，你爸可爱吃了，给肉都不换呢！"

第二年冬天，奶奶去世了，我再也没吃过番薯叶干了。

腊鸭包和猪脾干

秋风起，吃腊味。

一过农忙，奶奶和妈妈就会腊各种东西，大头鱼、猪腩肉、田鼠、鸭子……

饭点一到，空气里到处是各种腊味的香气。

最喜欢妈妈晒的腊鸭包了。

妈妈把鸭子的头、翅膀、爪子剁下，用鸭肠子将它们一个个捆起来，中间还夹块肥猪肉和一小块鸭胗或鸭肝，腌一个晚上，然后吊到干爽的地方晒。

晒上一周就可以吃了，一个腊鸭包可以吃几碗饭，可香了！

有一年秋天，村里卖菜的妇女们都买了好几十斤猪脾回家晒。她们说猪脾便宜，晒干好吃。

你能想象得到光秃秃的田野里、各户的阳台上都挂满又黑又长的舌头一样的猪脾的情景吗？呵，那可真是蔚为壮观啊！

猪脾干那东西吃个三两次是挺香的，可是天天吃的话简直就是折磨。可晒了不吃是浪费呀！那两个月，妈妈每一顿都蒸上两条猪脾干。吃完饭呕出的气都是猪脾的腥臊味。

那年以后大家都没晒过猪脾了。

番薯干和花生干

小时候零食少，奶奶每年都给我们晒点番薯干和花生干当零食吃。

奶奶每次带我们去放牛都会带上一把番薯干和花生干。那些软糯流糖的番薯干是最受我们欢迎的，还没等完全晒干就差不多被我们偷吃光了。剩下最硬的，奶奶就一点点掰碎放嘴里含，一条番薯干能含个半天。

花生干是我们最不感兴趣的，我们嫌它又硬又没什么味道，往往等到实在没吃的了才抓上一把来消磨时间。

去年暑假，妈妈让我捎上一袋自晒的花生干回家吃。一个晚上，我闲来无事剥来吃，竟然觉得甘香可口。

小时候怎么就不懂欣赏呢？

麦芽糖和雪条

小时候最期待听到收破烂的那铜铃的铛铛声了。远远听到那声音，我们就回家翻箱倒柜把能卖的闲置品拿给收破烂的。

那个收破烂的穿得很破、很脏，我们也不嫌弃，因为他会换给我们香甜的麦芽糖。收破烂的会看我们给什么东西就搅多少麦芽糖给我们。

他用小竹签往糖罐里一搅一卷，一团麦芽糖就让我们口水流了一地。

我们总嚷嚷着："多卷一点，多卷一点。"那收破烂的就怂恿我们说："再回去看看有什么可以卖的?"

我们又一溜烟直奔家去翻东西。

做饭的时候有人家里锅盖、火灰叉、铜盘统统不见了；洗澡的时候澡盆和拖鞋不见了……

只要是收破烂的来过，那一天巷子里阿妈、阿嬷的骂声和打孩子声就会此起彼伏。

我不敢卖家什就天天折腾自己的鞋子。妈妈说我脚上是不是长牙了，怎么老穿坏鞋子。

她把火灰叉烧红了往我鞋子裂开的地方一烫，说："不给你买新鞋子了，接着穿!"

卖雪条的也是我们特别期待的。只要看到那个车后架上搭着绿皮木箱的身影，我们就奔跑过去围他个严严实实。

"给我条奶味的!"

"我要绿豆的!"

"我要红豆的!"

"我要脆皮!"

大家叽叽喳喳，争先恐后，都怕卖光了。

看着人家快卖完了，奶奶便捧个搪瓷杯出来央人家把底下融开的雪条水倒给她。我们几姐弟便欢天喜地屁颠屁颠地跟她回去。

我们每人喝一口，分吃了那杯冰水。因为混了各种味，所以冰水的味道好极了。大家回味无穷地伸出舌头使劲儿舔着嘴角。奶奶也舔了一下杯沿，乐呵呵地说："还真是甜!"

后来，我们姐弟们都长大了，大家各奔西东，能聚在一起的机会太少了。不知道他们是否还记得儿时的味道，家乡的味道。

无论我走过多少地方，尝过多少种美食，我依然无法忘怀那些纯朴而浓郁的味道。

时间的脚印

当青苔爬上老屋的瓦脊
当乳燕喊醒乡下的清晨
我知道，春天来了

当大雨冲刷鱼塘的堤坝
当烈日灼黑阿妈的脸庞
我知道，夏天来了

当禾虾压弯了稻穗的腰肢
当田间响起打禾机的轰鸣
我知道，秋天来了

当阿公给暖手壶灌进开水
当阿嬷熬上一锅牛大骨汤
我知道，冬天来了

时间爬到我的头上
抖落一些雪花
我知道，它肯定留下了好多脚印

小时候觉得时间过得好慢啊！爸爸的米兰花似乎从来都不会落花，我从来就没有见过它结籽；村头阿伯的蒲桃树上永远挂着不会变黄的青果子；屋檐下的燕雀好像老是不会飞离旧年垒好的窝；我总是有做不完的作业，正如爸妈永远有干不完的活。那时，我的脑袋里总装着两个字：逃离。逃离童年，逃离父母，逃离那个无趣的地方。

　　后来，爸爸的米兰花因为家人搬家时被遗弃在老屋而活活旱死了；村头阿伯的蒲桃树已变成了一幢三层的楼房；燕雀已找不到老屋的窝，因为老屋不在了；我做不完的作业变成了改不完的作业，而爸妈依然在他们的小庄园里忙着，不肯认老。

　　不知何时，大儿已长成了一个高大的初中毕业生，好似昨日我还怀着他去参加华师的自学考试呢。今晚，他拿着中考报名表给我填，我突然意识到不久的将来，他便会离家去求学。但愿他脑袋里出现的不会是"逃离"二字吧。

　　小儿睡前习惯拉着我的手。他突然问我："妈妈，你为什么有白头发了呀？"

　　我说："你长大了我就老了呀。"

　　他说："我什么时候会长到很大呀？"

　　我说："20年后吧，你长到很大我就变成老太婆了。"

　　他摸摸我的脸说："妈妈，你变成老太婆我也爱你。"

　　我突然感觉心要融化了。

　　我说："等你长到更大的时候，你就会结婚生小孩了。"

　　他说："那么妈妈你呢？"

　　我说："妈妈就会到很远的地方去。"

　　他说："很远的地方是哪里？"

　　我说："星星上面。"

　　他难过地趴在床上，脸在枕头上蹭了好几下，用哭腔问我："你到星星那里什么时候回来？"

我眼睛一湿，说："到了星星那儿就回不来了。"

他流着眼泪说："你不回来我会想你的。"然后又说，"那以后我生一个女儿会不会长得像你的？"

我说："会呀，就跟妈妈像外婆一样。"

他说："那她什么时候可以长成你现在这个样子？"

我终于忍不住泪流满面。

一时间母子俩在假想中难过得不行。

曾几何时，我也无比依恋爷爷。

因为妈妈怀了妹妹，我出生才两个月就被迫断奶跟爷爷奶奶住。

我至今还记得有一次爷爷给我洗澡的时候说："等你长大，阿公就死了。"

我不知道什么是死，很天真地问："阿公，你什么时候死？"

还没等到爷爷回答，下班回来的爸爸就气冲冲地进来把我拎起来打了好几巴掌。

爷爷高声喝停爸爸说："她还这么小，懂得什么，你就打她？"

我已经忘了爸爸当时的反应了，只觉得好生委屈，也好困惑为什么爸爸如此忌讳一个"死"字。直到好多年后爷爷去世，我才真正理解，原来"死"就是再也不会回来了。

眼前这一幕多么熟悉。时间仿佛会轮回似的，留下了好多相似的印记。

悠悠粽子香

前天早上弟媳发了一个朋友圈，她说妈妈早上 3 点钟就起来包粽子了。

傍晚 7 点的时候我打电话给妈妈，问她在干什么，她说："我在煲粽子呢。"我惊奇地说："你不是早上 3 点就起来包吗？怎么这个时候还没煮熟的呢？"妈妈说："刚刚拿了几个粽子给你妹妹，她打开吃了一个说还没熟，所以我又把粽子重新放回锅里再煮。"

果然是我的妈妈！

妈妈的粽子包得特别大，小时候感觉它们都赶上枕头那么大了。所以记忆中，妈妈几乎每次都有粽子是煮不透的。吃着吃着发现有一两个角的米还没煮透，我们想把它扔掉，她连忙阻止我们："别扔别扔，我来吃，我喜欢吃夹生的糯米，嚼起来特别香。"那时我们信以为真，如今想来，她是怕浪费了。当然，妈妈也会包一些小小的粽子给我们，小巧玲珑的，可以放在手掌心，特别可爱。我和弟弟妹妹就用绳子两头各绑住一只，挂在脖子上，欢天喜地跑到外面去玩。我们嘴里唱着童谣：

冰冰转/菊花圆/炒米饼/糯米团/五月初五系龙舟节啊/阿妈佢叫我去睇龙船/我唔去睇/我要睇鸡仔/鸡仔大/我拎去卖/卖得几多钱/卖得几多只啊/我有只风车仔/佢转得好好睇/睇佢冰冰转/菊花圆/睇佢冰冰转/啊冰冰转/又转……

我们娘家那边习惯端午节前和亲戚们互送粽子。你送给我，我送给你，到最后，我们会吃到各种手艺的粽子。那些粽子有些太淡，有些太咸，有些煮得太烂，有些还夹生，有些是绿豆做馅儿的，有些是花眉豆做馅儿的，有些是花生做馅儿的，有些是碱水粽，只有白白的糯米，什么馅都没有，要蘸着白砂糖来吃。

这风俗，我过去觉得太麻烦。记忆中，妈妈一天要跑几趟亲戚家，而且是踩着自行车去的，天气又热。有时候她会带上我，我在她的车后架上坐着，感觉她大汗淋漓，整个后背都是湿的。送到最后，粽子往往都变味了。妈妈说："没事的，拿回家洗洗外面，重新煮一下，还是能吃的。"因为要送的亲戚多，包的粽子自然多。小时候家里没有冰箱，为了防止粽子变馊，每天早上起来第一件事情就是把粽子重新放回锅里煮。如此煮得几天，粽子就没什么味了。聪明的妈妈就叫我们蘸着酱油来吃。

记忆里，娘家的粽子是有酱油味的。

我和弟弟特别喜欢吃粽子，也许是因为小时候家里没有什么零食吧。我们一放学回家就拆一只粽子来吃。端午节前后我通常会生病，发烧呕吐，送去卫生站，医生不用看，就说肯定是粽子吃多了。开了药回来吃，还真是灵。

过去我一直以为妈妈包的粽子是最好吃的，哪怕它们经常夹生，有时还会有馊味。后来嫁到了阳江，这里的粽子刷新了我对粽子的印象。娘家那边的粽子无非就是糯米包着各种豆，再加一块用五香粉腌了的肥猪肉。这边的粽子内容可丰富了，有豆，有虾米，有五花肉，有咸蛋黄，有时还会有腊肠，各种各样的馅儿是五花八门，吃起来口感丰富极了。我第一次吃这里的粽子一口气吃了两三条，直撑得我肚子发胀。

后来就很难吃到妈妈包的粽子了。有一年春节回去叫妈妈包了粽子给我。我把它们带回了阳江。

婆婆对妈妈包粽子的叶子表示好奇。那种叶子，我们叫冬叶，很宽大，比这边的粽子叶要大上几倍。我说不如下次我带几棵冬叶回来种吧。婆婆说："别啦，这边不习惯。"大家吃了妈妈包的粽子，都说我娘家的粽子比不上这边的粽子，口味太单一。

我听了心里感觉很失落，甚至还有点愤怒。也许每个人对自己故乡的事物都是有特殊情感的吧，自己可以嫌弃，但是容不得别人轻视。

又到端午，又到粽子飘香的时节。吃着这边口味丰富的粽子，我心里怀念的还是妈妈那个口感单一甚至有点夹生的粽子。

2021 年农历初五

不变的味道

　　典记坐在旧沙发上昏昏欲睡，一只苍蝇绕着他飞来飞去，他厌恶地扬手拨开那只讨厌的苍蝇。

　　此时已是午后，饭店里还是没有一个客人。"关门了！关门了！老子不干了！"他点着一根烟对一旁正择着菜的老婆说："别弄了，没人来光顾的啦！咱还是另谋出路吧，这样下去要喝西北风了。"他老婆长叹一声，眼睛就红了。

　　店子是老爷子留下来的，到他们夫妻经营至今已差不多 50 年了，这店对他们来说就是一个至亲的家人，说关了，哪儿舍得？可不关，一家人怎么生存？以前他们店的生意非常好。他们家的蚝饭非常受欢迎，老爷子炒蚝饭用的是正宗本地程村蚝，那蚝粒粒新鲜味美，配上爆香的精选大米，撒上芫荽葱粒，那味道叫人吃了做梦都记得。可自从老爷子生病去世后，店子的生意就一落千丈了。因为物价高涨，典记不舍得用正宗本地蚝来炒饭，大家吃着味道不对，就少光顾了，加上店子小门口不好停车，大家都跑去对面大饭店吃了，他们的生意自然越来越差，有时甚至一天都没开一单生意。

　　典记准备拉闸关门的时候，一个 60 多岁的老人走进来问："老板，还有蚝饭卖吗？"典记老婆抢着说："有有有！"典记拉过她说："哪有买到蚝呢？"她说："你忘了？今晚女儿回来，我一大早就去买了些本地蚝准备煮给她吃的。你不是想关了这店子吗？咱们有始有终，就做一顿正宗蚝饭给最后一个客人吃吧！"

油亮喷香的鲜蚝饭端上桌了，老人先是深深地吸了一口气，然后用勺子装上一勺蚝饭虔诚地送进口中，仿佛进行某种仪式。他细细地嚼着，两行热泪就流了下来，他说："好多年没吃到这个味了，还是这么美味。"

典记很好奇这个老人的举动，忍不住跟他攀谈起来。原来老人是归国华侨，这次回来是送他父亲的骨灰回来落叶归根。他说："小时候家里穷，想吃顿饱饭都难，出国前父亲带我来这家店里吃了一顿蚝饭，那味道是世间最美的，我一直都忘不了。今天回来看到这店居然还在，这蚝饭还是当年的味道，怎么叫我不激动呢。"

老人走后，典记对老婆说："你赶快去老李家预定些本地蚝，明天开档用！"他老婆问："不关门了？""对，不关门了！"他坚定地说。

初冬时节，典记饭店挤满了客人。窄窄的门口放着一块牌子，上书：正宗本地程村蚝饭，童叟无欺。

美好时光

　　每年 7 月总会回一趟娘家，每次回到娘家总会去晨跑，每一次晨跑必跑五马岗大桥。

　　清晨 5 点，摁停闹钟，起床，有时甚至比闹钟醒得更早。简单洗漱，出门。

　　昨宿的路灯还在亮着。隔壁的牛记饭店已经稀疏地坐了几位年长的顾客。我疑心他们是不用睡觉的，所以早早就过来，这就是广东人说的霸位饮早茶。三五好友漫无边际地聊天：国家大事，家长里短，奇人异事。我路过他们，一路奔向目的地。

　　我跑得极慢，一路上享受着清风的抚摸，欣赏着江边的美景。有人在捕鱼。他们应该是夫妇，男的撑船，女的解网，解出的鱼儿泛着白粼粼的光，扑通一下就掉进水箱里头。有时会看见男的掏出烟来点着，燃烧宿困，也点亮生活的希望。河水悠悠，映照着他们忙碌而美好的身影，一切生活而诗意。

　　路过小学同学的家门口，总想扯上一嗓子："张建玲，起床上学啦！"思绪就会飘回到二十几年前。我们一起手拉着手走进校园里面，学校门口的杜鹃花开得极灿烂，笑着迎接我们。路边的牵牛花开始苏醒，睁开惺忪的睡眼，懒洋洋地打着哈欠，悠然自得地举起喇叭，准备吹醒太阳。不知疲倦的五马岗大桥横亘在宽广的河面上。不知是早起还是迟归的货车，呼啸而过。最喜欢河中那几座秀气的小岛，姑且就叫它们小岛吧，那是漂流物长年累月堆积而成。小岛上长满了各种不知名的野树野草，隐约还有零星的野花。一群一群的白鹤停留在青翠的树上，它们是在梳理着昨日的劳碌吧。

我走进桥底下的栈道里歇息。汗水从毛孔里溢出，逼狭的心房突然就开阔了。有鱼儿在脚下清浅的河水里游弋，它们张开嘴，吐着快乐的泡泡。惠子曰：子非鱼，安知鱼之乐？我就是固执地认为它们是快乐的。

归途中，朝阳初升，金黄的光芒铺满了整个河面。我走走停停，拍朝阳，拍小岛，拍白鹤，拍牵牛花，拍马樱丹，拍那个悠闲自在的自己。这是一天中最美好的时光。

摘下一束雀跃的使君子花，带着一路芬芳，回家。

任世间混沌，我自芬芳

初三那一年，住在医院宿舍里的小胡同学送给我几朵鸡蛋花。真是惊艳啊，从来没有看见过如此芬芳的花。那种香味很特别，香里带点中草药味，细闻还糅了一股甜味，我第一次闻到有甜味的花。

好多年以后，我种了一棵鸡蛋花到婆婆闲置的菜园里，后来就忘记这件事了。有一次路过那个园子，看到那棵鸡蛋花居然还是像种时的样子，不死不活，没有长出一片叶子来。婆婆说，种在那里浪费地方，也不好看，不如就拔掉吧。婆婆虽然这么说，但也并没有拔掉，想是连拔它都觉得费事吧，那毕竟只是块没什么用途的闲地。

我们就一直把它遗忘在了那个地方。

有一次我上网搜光棍树的图片，屏幕上竟然弹出了一张鸡蛋花树的图片，那光秃秃的枝丫，感觉还真的像当年那棵被遗忘在废弃菜园里的不死不活的鸡蛋花。

在小区里，我发现了好多棵鸡蛋花树。它们长得不高，叶子也不繁茂，有些甚至是光秃秃的杵在草地上，样子有点傻，但是它们的枝顶上竟然也开出了一髻儿的花。我莫名想起乡下那个丑妇。她头戴硕大的红花，人家问她为什么喜欢戴大红花，她笑着说："这样大家就只注意我的花，不留意我的丑啦！"不禁莞尔。

我拈起一朵落在地上的鸡蛋花。奶白色的花边，里面是粉嫩的黄，也不出众，但是香气馥郁，那种香气很有感染力，但又不咄咄逼人。

我常常站在花下忘记了时间。

我还看见过红色的鸡蛋花，花色很鲜艳，但是并不香，颇有点华而不实的感觉。我感觉它们并不如那些普通的黄白色的鸡蛋花。

去年冬天，师妹寄来几棵李子树，我把它们带到那个废弃的菜园里种，才发现那棵鸡蛋花早已不知所终，心中不禁生出愧疚来。我口里说喜欢鸡蛋花，但竟也对它疏于管理。它的一生可能连一朵花都没有开过。

后来想想，这不正是跟人生一样的嘛。不是所有的花都能开出花来，正如不是所有的人都能有所成就。不同的是，花的命运不是它们自己能够主宰的，而人的命运永远掌握在自己的手中。

即便命运多舛，你都应该开出一朵馥郁的花来。

任世间混沌，我自芬芳。

2021 年 6 月 5 日

桃　源

你有没有想过，有一天走进五柳先生的桃源？

脱掉高跟鞋，让柔软的泥土轻吻你的脚丫。羞涩的紫花地丁在你的脚边开出一只只小巧的蝴蝶，它们在微醺的春风里跳着欢快的舞蹈。那些淘气的鸡鸭鹅猪狗牛羊猫撒满了整片田野，它们自由地任意东西，撒欢儿，觅食，好不自在。

你的容颜映在澄澈的溪水上，顽皮的鱼儿嗖的一下冲过来撞碎了你的影子，你也不恼火，反而忍俊不禁地掬起一抔水轻轻向它砸去，它便扑啦啦地躲到石头缝里去了，时不时探出头来跟你捉迷藏。哎，不如你就在溪边搭个小茅棚吧，织个渔网，三天打鱼，四天晒网，也挺好。

趁着微风不燥，阳光正好，躺下来，看看头顶的蓝天白云。衣服脏了又有什么关系呢？那些软绵绵的春草正好做你的褥子，暖洋洋的日光摩挲着你的发丝、你的脸庞、你的手指、你的身体。你便忘却宠辱，忘却悲喜，沉沉入睡了。那些巍巍山川，那些淙淙河流，那些十里桃花，那些鸟语虫鸣，那些欢歌笑语便纷纷入你的梦去。

你说，那是不是很美？

去吧，去找到那个属于你心灵的桃源，在那儿你可以抛开尘世的一切烦扰。什么世俗琐事，什么流言蜚语，统统放下。不用在意别人的评价，做自己就好！

草盛豆苗稀，也挺好

归园田居·其三

（晋）陶渊明

种豆南山下，草盛豆苗稀。

晨兴理荒秽，带月荷锄归。

道狭草木长，夕露沾我衣。

衣沾不足惜，但使愿无违。

五柳先生绝对是第一个把懒说得如此清新脱俗的人！

近日文友问我手上积累了多少字，我打开电脑统计了一下，竟不足8万，而且这8万字大部分都是工作以后断断续续写的。

读书时没有电脑，写过的文章难以保存，发表过文章的好多样刊后来被婆婆当废纸卖了，所以读书时代写的文章能存下来的不多。

大学那几年痴迷写作如同着魔，不用上课的时间基本泡在阅览室里写作。有时半夜2点醒了会爬起来打开手电，躲在被窝里或洗手间里把所做之梦写成一篇小说。一个学期下来竟写了近200篇习作。如今想来，真是不可思议。

那个时候，一个学生能靠写文章挣零用钱，绝对是一件值得炫耀的事，尤其是我这种其貌不扬的文科女生。没有那么多花前月下的机会，就把时间都耗在文字上吧。

毕业后参加工作不久就结婚生子，工作上的事、生活上的琐事让我疏于笔耕，草盛豆苗稀是必然。我做不到五柳先生那样淡然。有好长一段时间感觉自己的人生已成定局：按部就班，没有前途。

后来有了微信，找回了文学社的大本营，找回了当年的伯乐。他们对我的印象大致一样：一个很爱写文章，且写得挺不错的文艺青年。这个评价犹如一颗扔到死水里的小石子，击起了我心中的波澜。我重新拿起笔，一点点地拭去它的锈，让它在纸上生出花来。

不同于读书时期的是，我不再强求自己每天一定要完成多少量。我更遵从自己的心，有灵感的时候可以披星戴月，废寝忘食，没有灵感的时候就让它自由生长。草盛豆苗稀，也挺好。我美其名曰：佛性。

工作之余，不舍己趣，行我所行，无问西东。

花事未了

自小爱养花，每日与花相伴，竟悟出了好些道理来。

鬼针草

小儿拉我去学校小山玩耍。他像只出笼的兔子般窜来窜去。怕他摔着，我一路尾随着。小家伙精力旺盛，拈花扑蝶不亦乐乎。

突然感觉双腿刺痒，低头一看，裤子上密密麻麻地沾满了不知什么草籽，尖尖硬硬的很是扎人。"真讨厌！"我嘟囔了一句，便找个石头坐了下来处理这些烦人的东西。小儿举着一把花儿兴冲冲地跑过来说："妈妈你在干什么？"他手上拿的正是结这种籽的花。他见我拔着裤子上的小刺，很感兴趣地说："真好玩！"他撅起小屁股观察着自己的衣服，兴奋地说："哇！我也有好多！"

母子俩就在树影斑驳的小山坡上互相拔着草籽。好不容易处理干净了，小家伙说："妈妈，我还想拔。"我哑然失笑。打开了微信识花君拍了一下他手上的花，原来这烦人的野花叫鬼针草。名字就不好，难怪烦人。

暑假去了一趟阳朔。吃了顿野菜，感觉挺新鲜可口，便看了一下菜牌上的图片。原来吃的竟然是鬼针草，这东西竟然能吃？百度了一下，还真是。它的功效还挺多的，活血散瘀，消肿止痛，等等。当初我只想着它烦人，都没注意原来它还是个宝。

寒暑易节，冬去春来。又是万物更新的季节，田头地尾到处长满了鬼针草，连楼下来不及除草的小花园也被它们占据了。它们就那么肆无忌惮、旁若无人地生长着。白的花瓣，黄的蕊，一簇簇的小花挨挨挤挤的开得好不热闹，竟有点野菊花的意思，还挺好看的呢。突然想起袁枚写苔花的两句诗：苔花如米小，也学牡丹开。是呀，世间生灵皆有存在的意义。

我摘来一把嫩苗，用开水一焯，鸡蛋一拌，浇上点花生油和豉汁，可真是美味呢！

鸢尾兰

阳台上的鸢尾兰种了好久都没半点要开花的意思。那叶子细细长长的，又尖又扁的，长了满满一盆。他想要把它拔掉，说不好看又占地方。我说："等等，再等等吧。"

花苗是同事阿瑞给的。从前我就曾经种过这种花。

那时我还是个 16 岁的青春少女，刚上高中，懵懵懂懂又开始初谙人事。陌生的人，陌生的环境，深不可测的知识让我失落、彷徨、恐惧。我感觉自己不再优秀，重重的挫败感让我变得自卑。

喜欢自修后独自一人把孤单的影子拖回宿舍。那时的月光总是很清冷，把校道旁的植物园浸染得那么幽寂。不甘寂寞的鸢尾兰把饱满的苞探出了铁栅栏外，在一瞬间"啪"地就开了。米白色的几片花瓣中间是紫蓝紫蓝的花心，竟然有一种独特的美。

在一个周末离校前，我在栅栏边捡到了一支鸢尾兰花芽。那大概是哪个淘气的小孩摘下来的，又或是校工不小心弄断的吧。我把它带回了家，种在了阳台上。我每个星期才回家半天，匆匆忙忙的，经常无暇顾及阳台上的花。那株鸢尾兰在不经意间突然就开了，又落了。其间我逐渐适应了紧张压抑的高中生活。成绩不好不坏，但始终知道自己想要成为什么样子。

一天清晨，我看到那丛墨绿中伸出了一支令箭般的花茎。我对他说：

"哎，看，要开花了。"等待花开的时间可真是漫长。他说："长得可真是慢!"后来他就忘了这回事了。

我正煮着饭呢，突然小儿在外面说："妈妈，你看这朵花真像一只蝴蝶。"我走出去一看，原来是鸢尾兰开花了。它在阳光中舒展着身子，不卑不亢，煞是好看。

文　竹

教室里买来一盆文竹，叶子毛茸茸、绿盈盈的，可爱极了。

孩子们把它当宝贝似的宠着，一天浇上好几次水。没几天它的叶子就开始变黄了。在孩子们着急的哀叹声中，它就变成了光杆司令。他们伤心地问我："老师，它是死了吗?"我笑着说："没事，把它们的枯枝剪光，它就活过来了，还有，别浇太多水，一周两次足够了。"

那盆文竹凋败是我意料中的事。因为我就种着两盆文竹，我也曾对它们如珍似宝，早午晚都给它浇水。猝不及防地，它们就枯掉了。我上网查阅拯救它们的方法。原来它们不喜水，枝枯了剪掉就可以重新发芽了。我试了一下，还真是灵验，10 余天后，它们又抽出了嫩芽来。

婉莹同学将信将疑地照着做了。那盆文竹果真在同学们的期待中重新发芽了，它又焕发了勃勃生机。

是呀，种花跟育人有时是一样的，一味宠溺不一定是好事，适当的磨炼更能让它自强不息。

太阳花

同事走到我宿舍门前，看着我伺弄的那些开得如火如荼的花儿说："你真细心，能把花种得这么好!我是种什么死什么!"我笑了，指着那两盆太阳花对她说："你是没有种过太阳花吧?"

那两盆太阳花，一盆是针叶重瓣的，好几种颜色一起开放，细细看着竟有点牡丹的姿态。花是在某多多买的，不到 10 块钱就种满了一大盆。

另一盆更不值钱，是去十四小对面花场买绣球时，感觉花买贵了，死皮赖脸央华姐送的。那盆是阔叶单瓣的，不开花的时候大家都以为它是地里那种叫耳牌菜（马齿苋）的野菜。花色有两个，紫红和鹅黄，煞是好看。

刚开始，那盆重瓣的太阳花是放在几盆枝繁叶茂的植物下的。在阴凉湿润的环境下，它们的枝条一个劲儿地疯长，有的还探到了旁边的花盆里生了根，郁郁葱葱，绿得亮眼。可就是不开花！

地板上的花太多，实在无处可放了，我便把太阳花挂在了栏杆上。那些太阳花曝晒了一段时间后居然冒出了好多尖尖的花苞来。暑假回了一趟娘家，接连一周没有浇花，回来时看到好些花蔫儿巴叽地耷拉着，奄奄一息。唯有那些太阳花依然生机勃勃，五彩缤纷的花儿骄傲地开放在大太阳底下。

哦！难怪叫太阳花！

不会开花的鸡冠花

我在宿舍阳台种了一棵野鸡冠花。

花籽是前年参观美丽乡村的时候摘的。那些花冠大得跟一把把扇子似的，我着实被它们吓了一跳，因为我长这么大从来没有见过如此庞大的鸡冠花。普通的鸡冠花跟它相比就好像蜥蜴跟恐龙。真是高大到犯规的鸡冠花！

我把种子随意地撒在每个花盆空余的地方，花苗长得不少，可到最后只剩下这一棵。这棵鸡冠花一个劲儿地疯长，一直长到一米六几了还没有半点要开花的意思，另一棵普通的鸡冠花还不够 30 厘米就开得灿烂无比了。邻居说我种的是变异品种，不会开花的，吸水吸肥那么多，浪费资源，不如拔掉。还有人说它根本就是公的，绝对不会开花。我也疑心它不会开花，但又舍不得拔掉。

从去年冬天到今年深秋，快一年了，这棵鸡冠花已经长到了两米多。

它像个神情呆滞又无辜的傻大个似的杵在墙角。

今晚同事又跟我说："拔了种别的吧！"

我有点不甘心，伸手拉了拉其中一枝，那一点红就猝不及防地跳进了我的眼里！天哪！它开花了！我忍不住抚摸着它那点紫红的小尖尖，兴奋地对同事说："看！它开花了！"

我的傻大个终于开花了！它不是不会开花的鸡冠花！

我突然想起一句歌词：终于等到你，还好我没放弃！

在这未了的花事中，我竟也愈发从容自若，心中的欢喜日渐葱茏。

低头看见花

　　春节前后，各种花铺天盖地席卷着朋友圈。青梅落满千堆雪；桃花红粉菲菲笑醉春风；木棉树高举着炽烈的火把；黄花风铃树摇落了一地的情话……

　　树上是摇曳生姿的花儿，树下是翘首弄姿的人儿。

　　人们关注的，往往都是那些高高枝头上光彩夺目的花。

　　一天傍晚结束了训练，我顺道回办公室处理了一会儿工作。回宿舍的路上遇到正赶回教室的小花同学，我问她怎么这么早就回教室。她羞涩地笑笑说："我基础差，好多知识点都还没过关，我想早点回去背。"

　　我忽然想到两天前的基础练习题测试，那一次，她考了全班最高分，当时我还起了疑心：她是不是作弊了？我为此感到一阵愧怍。我竟然忽略了一个暗暗努力的人，甚至还质疑了她的努力成果。

　　我开始留意起这个一直被我忽略的小姑娘。她的作业书写非常干净，字迹娟秀；桌面上的文具摆放整整齐齐；每次体育训练她都非常刻苦。有一回，她因为脚痛没跑完 4 圈，眼泪一直在眼眶里打转。她过来跟我说，因为自己脚痛没跟上进度，觉得很难过。她说："老师，自修课间，我会补上那两圈的。"果然，自修课间她真的去跑步了。透过办公室的窗口，我看到昏暗的灯光中，那个瘦小的影子在努力地奔跑着，心里一阵感动。

　　不被看好的她居然在体育中考中取得了满分。

一直以来，那些优秀的学生都是老师们关注的焦点，我似乎也犯了那样的通病。通过小花，我看到了自己的错误。我知道自己应该把目光放低一点，眼中要有那些暗暗努力的草根同学，要看到他们的闪光点。

高高枝头上的鲜花迎风招摇，固然引人注目，而那些长在地上默默开放的花儿也是美好的。

你留意过路边绵延的醉浆草吗？还有那从下水道口伸出倔强头颅的紫花地丁；曾经试图用烦人的种子引起你注意的鬼针草；河边照水自怜的野菊花……一场春风过后，它们就勃蓬地野蛮灿烂着。是它们不美吗？是我们常常把目光挂在高高的树上，而忽略了低低蹲在地上的它们。

春天来了，百花齐放，不仅抬头会看到花，低头，也能看到花。

带出一个春天

又到了凤凰花开的毕业季，不禁感怀。

从教 17 年里的故事此刻像一帧帧电影镜头闪了出来。

每一届孩子毕业我都会哭到不能自已。很多人笑我泪腺发达，他们不知道我是真的倾注了很多感情在我的教育事业里的。

从小，我就立志当一名道德高尚的人民教师。

在小学任教的三年里，我负责一个班语文兼班主任以及两个班英语的教学工作，课程排得满满的。当时那所小学的英语教学条件非常欠缺，任教老师都不是专业的，大家都是边学边教，所以学生英语成绩普遍较差。看到这种情况，我便组织所教班级的学生放学后留下来免费给他们补习一节课英语。

农村学生多是留守儿童，从小缺少父母关爱。在那所乡镇小学里，我既是老师又是家长。学生上学迟到了，或放学晚归了，我会帮忙四处找人；学生病了，我会背他们去卫生站看医生；过节了，我会给几个家长不在家的学生送点心，让他们感受到家的温暖。

2008 年，我调到了现单位任教。我一直教我的孩子们做人一定要善良，要用自己力所能及的力量去帮助别人，而我自己也一直在做善事。

有一年冬天，同事跟我说起附近一小学有几个云南籍的小孩被父母抛弃，他们穷到大冬天都没厚衣服穿，也没有被子盖。我连夜把大儿和亲戚小孩的旧衣以及家里两床被子给他们送去。他们生活着实太困难，每天只能吃自己种的菜，想吃肉几乎是不可能的，只有等奶奶钓到鱼才有点肉味尝尝。有时我会给他们送点吃的过去，一挂猪肉就能让他们喜不自禁，看着真让人心疼。知道他们学习跟不上，我给他们送去两台国学机，让他们放学后可以跟着国学机读英语。学习之余，他们还能听歌听故事，增长知识，娱乐身心。每到中秋和过年，我会给他们送去好吃的，使他们在异乡也能过个快乐的节日。我工资不高，但春节的时候还是省下几百块来给他们做压岁钱，让他们知道，他们也有人惦记着。

如今，这仨姐弟中的俩姐姐来我校读书了，她们每天见到我都会热情地跟我打招呼，别提多开心了。教师节第二天早读后，俩小姐妹跑来我办公室送我小礼物。她们说前一天下午没找到我，没有把礼物直接放我桌面的原因是想亲手送给我，亲口跟我说一句教师节快乐！那一刻我真的又感动又欣慰，眼泪快涌出来了。学生学会感恩，正是我希望看到的。

2019年国庆，我们班一男生的爸爸带他去看病，不料被大货车撞了，他的爸爸当场去世，他也受了重伤。接到他妈妈的电话后，我马上赶去医院看他。两天前我的新家刚进伙，按本地习俗我本不应该去看他的，但我完全没顾及这些，心里只想着我是他的班主任，我一定要去看他，安慰他，开解他。他的妈妈、奶奶和婶婶一个个都哭成了泪人，所幸他是个坚强的孩子，眼里含泪可还是安慰着自己的亲人。当时我真想抱抱这个懂事得让人心疼的孩子。因为他爸爸的案子未处理，而他住院又急需钱，我把身上仅有的几百块都给了他做医药费。一出医院门口，我马上在班群里发动家长们一起来帮助他。我们班的家长们都是热心的，大家纷纷给他筹钱。加上我朋友圈里的捐赠，我一共帮他筹得近2万块钱。我感觉自己那两天把自己有限的人脉资源都动用完了。从没试过厚着脸皮问人家要钱的，但是一想到他凄惨的状况，就觉得面子什么的根本不算什么了。

班里一女生的弟弟脑里长了一个恶性肿瘤。医院诊断为：松果体区生殖细胞瘤，梗阻性脑积水。她弟弟生病至今已花费了近30万，每天收到5000到1万元的治疗费用清单，医生初步估计后续要做化疗还需要50万元的治疗费用。这对她们这户本来就是贫困户的家庭来说简直就是无法逾越的大山。因为家境贫寒，所以她父母没读过多少书，他们只能做点零散的泥水工来养家糊口。她家还有一个80多岁的奶奶需要照顾，她的姐姐从小是智障不能自理的，也需要24小时看护，再加上她和弟弟要读书，生活的担子本来就非常重。弟弟突发重病，对她们一家而言简直就是雪上加霜。

2月份学校筹备线上教学，她爸爸跟我说起她弟弟的事，他说他夫妻俩过年前就和她弟弟在广州等手术了，她没有手机或电脑上课。他们家已经到了山穷水尽的地步了。3月7日，我拿了向学校申请到的平板电脑到她家教她使用。她和80岁的奶奶还有那个生活不能自理的姐姐在家。她姐姐坐在椅子上，桌子上是一碗什么菜也没有的白粥。老奶奶坐在门口，一个劲地感谢我，我的心当时难受极了。当天晚上，我就帮她写了一封求助信，给她弟弟办轻松筹用。我的工资卡里已经没什么钱了，但我还是给她捐赠了1000块。之后每天我都不停地帮他们转发轻松筹，再次动用了自己所有的人脉资源。一位不愿留名的好心人看到信息后，私下转给我2万块钱，委托我转交给他的家长。后来，我还帮她弟弟办好了申请大病救助的事。

班上一女生学习成绩优异，可是家境贫寒，她爸爸已经70多岁，还身患重病，姐姐大学在读，全家担子都落在她50多岁没有文化的妈妈身上。为了帮她一家减轻经济负担，我几次悄悄地帮她支付学习资料费，并对她说善意的谎言，说是奖励优等生。后来我又帮她找到了一个愿意在经济上资助她每月400元一直到她高中毕业的爱心团队。

今年母亲节，一女生的妈妈突发心肌梗塞去世。这女生的家人都在外地，她的爸爸正从广州赶回来。我接到她的电话后，马上赶到她身边陪伴她姐弟俩。在那漫长的5个小时里，我寸步不离，安慰和照顾精神崩溃的他们，直到他们的亲人到来。

一男生曾经在他的作文里写到：不知道为什么会有那么多往届的学生回来看我的班主任。他不知道，我曾经用生命教过他们。

那一年，我的肾做了手术，术后一周便插着一根二三十公分的管子上了差不多一个月的课。每个动作都可以把我痛得直冒冷汗。当时的级长说我就像一面镜子。那句话一直鼓舞着我。

从教以来，我经常自掏腰包买奖品奖励表现好的同学。为了鼓励孩子们努力学习，有时还会抽时间煮汤或糖水给他们喝。

我在这 17 年里解决了很多孩子的青春情感困惑；化解了很多学生和家长之间紧张的亲子关系；不知多少个深夜送生病的内宿生去看医生……

我一直都以身作则，用实际行动去影响学生，我希望他们能成为有道德的、真善的、敬业的人，将来成为有用之才，回馈社会。

用爱和阳光去教育孩子，我一直都在做。

说这么多，我并不是要标榜自己有多么伟大，其实，我也只是万千教育工作者的缩影而已。而相比张桂梅校长，我做的岂及毫厘。她是我的榜样，是我仰望的启明星。

因为某些负面的个例，导致在这个社会里有很多人对教师团队产生误解。我希望他们能深入了解我们，客观评价我们。

如今，我带了三年的这届孩子马上就毕业了，我一头乌丝也几乎熬到全白。我希望，在这个夏天里，我能带出一个春天来。

——写在中考前夕

多出的鲍鱼应该让谁吃

趁着台风木兰未到，一家人去超市买点储备粮。

今天鲍鱼降价，2 块多一只，于是挑了个头最大的 10 只。

碟子上铺上泡好的粉丝，将刷干净切好纹路的鲍鱼放到粉丝上，浇上蒜蓉酱汁，放进锅里，蒸个 10 来分钟，一道色香味俱全的粉丝蒸鲍鱼就可以开吃了。

大儿遁味而来，迫不及待地就夹了一个热气腾腾的鲍鱼送进嘴里。他呼呼呵着气，连眉毛都在赞叹着鲍鱼的美味。

我问正在上幼儿园的小儿说："宝宝，10 只鲍鱼，我们一家 4 人每人吃 2 只还剩多少只呀？"

小儿歪着小脑袋脱口而出："2 只。"

我向他竖起大拇指，然后又问："那剩下 2 只我们 4 个人应该怎么分呢？"

他想也没想就说："把 2 只鲍鱼切开，我们 4 个人每人一半。"

诚然，小儿还是有点小聪明的。答案是对的，但我觉得这并不是最好的答案，于是又继续引导他。

"那你可以不吃吗？"

他说："可以呀。"

"为什么你可以不吃？"

他眨巴着小眼睛说："我不是很喜欢吃。"

我说:"如果你很喜欢吃呢?你可以不吃吗?"

"可以。"

"那你不吃会让给谁吃呢?"

他看着我,很温柔地说:"给妈妈吃。"

"为什么要给妈妈吃呢?"

"因为妈妈带大我很辛苦。"

"那还有一只应该给谁吃呢?"

他说:"给哥哥吃。"

"为什么要给哥哥吃呢?"

"因为哥哥读书也很辛苦,而且他也经常照顾我,对我很好,所以应该给哥哥吃。"

我看着正在偷笑的丈夫说:"为什么不给爸爸吃呢?"

小家伙一本正经地说:"爸爸睡觉老打呼噜,都吵着我们了,而且他太胖了,应该减肥。"

我们哈哈大笑起来。

我问大儿:"哥哥,那你认为这2只鲍鱼应该给谁吃呀?"

大儿说:"我不吃。"

"为什么你不吃呢?"

他说:"其实鲍鱼也没什么好吃的。"他对弟弟说:"弟弟,你牙齿都崩了,鲍鱼那么硬,你就别吃了,我们留给爸爸和妈妈吃吧!"想到他刚刚那个意犹未尽的馋样,我笑了。

我轻轻推推丈夫,"那你觉得应该怎么分配这2个鲍鱼呢?"

他说:"简单呀,猜拳或者抓阄,谁赢了就让谁吃。"

我问为什么要这样做,他说:"咱是民主家庭,这样做公平。"嗯,这么说好像也有道理。

换了平时,我一定会把最后2只鲍鱼留给我的孩子们吃的,因为我愿意把好的都给他们。但是今天我决定按照小儿最初的想法,把鲍鱼切开来分吃,因为我们是相亲相爱的一家人,好的东西就应该一起分享。

最后,我们在欢声笑语中一起分享了那2只鲍鱼,味道真的好极了!

孤苏有钟声

月落乌啼霜满天，江枫渔火对愁眠。

姑苏城外寒山寺，夜半钟声到客船。

——《枫桥夜泊》唐·张继

《枫桥夜泊》描写的是一个深秋霜降的夜晚，诗人张继泊船苏州城外的枫桥下。江南水乡静谧幽深的秋夜之景，感染了这位落榜的游子，他一边领略着这隽永的诗意美，一边怀着羁旅之愁写下了这首意境深远的诗。

张继的孤寂忧愁从纸上满溢到江河之上。

朋友圈里有人推荐关淑怡的《地尽头》，她说单曲循环了一夜，哭湿了枕巾。好奇心作祟之下打开来听，这一听便彻夜难眠。

鬼才林夕的词让人费解，在不同的境遇里竟生出无数种解读。

这首歌讲的似乎是关于爱而不得的苦恋，不知何解，我竟会将它和《枫桥夜泊》重叠，大概是因了那句"孤苏有钟声"吧。

我在歌词里想到生死。

先生 100 岁的老外公于上周驾鹤西去。我深知生离死别是符合自然规律的，但亦戚然。

我深恶死别。

爷爷奶奶离世已近 10 年，想到他们，我的心依然会涌上一股止不住的悲伤。

我的童年在娘家的旧村。在爷爷奶奶的陪伴下我长成了一个特立独行又倔强的女子。如今爷爷奶奶已作古，旧村亦已换了新貌。

我的故乡没有了，我的童年也永远消失在了行色匆匆的岁月里。

相比死别，生离亦是令人痛绝的。曾经形影不离，因为生活，各自奔忙，从此天各一方。

有人说，世界那么大，如果不去刻意见面，是永远不会碰面的。事实是，刻意见面也未必能见得到，见到也不见得就能如初。有些人，再见不如不再见。过去无话不说，后来无话可说。咫尺天涯。

隔岸无旧情　姑苏有钟声

震荡过的内心只有承认

逃避到　地心都

不会　入定

谁让我的生涯天涯极苦闷

开过天堂幻彩的大门

我都坚持追寻命中的一半

强硬到自满

谁让我的生活生命被转换

都记得自己　从未悲观

只要前度夸奖

洒脱

忘掉根本生又何欢

……

——《地尽头》

耳机里是关淑怡隐忍、坚毅又魅惑的声音，脑海里是张继寒秋之夜伫立枫桥的孤独。

深谙人生本就如此，不圆满便是最圆满。

粒粒皆辛苦

读书时代每次考试失利，妈妈都用"农事也有失收的时候"这句话来劝勉我振作。我不曾反驳，因为我知道，农耕真的是极辛苦的事。

近日和文友到阳东田畔游玩，一细皮嫩肉的文艺小姐姐看着金灿灿的稻浪，突然艳羡地来了一句："种田一定很好玩吧，可以玩泥巴，说不定还能捉到小泥鳅！"我听她这么说，哑然失笑，"一听你这话就知道你肯定是没有种过田的，只有种过田的人才知道种田一点都不好玩，实在是太辛苦了，带月荷锄归是常事，草盛豆苗稀是绝不允许的。"

思绪飘回了30多年前，那个时候我还在读小学，家里种了好多田。那个时候最害怕的就是过暑假，因为暑假一来，农忙就开始了。我们顶着火球一般的大太阳，抢收着稻谷，生怕随时都会到来的大雨把稻谷给淋了。要是淋坏了稻谷，这一造的艰辛就白费了。六七月是台风季，大雨说来就来，有时候辛辛苦苦收回来的稻谷，在几天之内就被泡得发了芽。各种的心酸，也只有经历过农忙的人才能体会。

小时候只知道农忙的辛苦，不知道农作物对农民的重要。那一年，家里的几亩田歉收。妈妈把没打谷的稻草割下来叫我挑到鱼塘边直接喂鱼。我挑着轻飘飘的稻草还一脸的高兴，终于不用挑那沉甸甸的稻谷了。邻居燕子也非常羡慕我，她说："要是我家的稻子也不打谷就好了。"

连续下了好几天雨，堆在家里的稻谷开始发热。奶奶吩咐我经常翻动那些一股馊味的稻谷。我极不情愿，"累得要死，都变味了还翻来干什么？直接喂鱼算了！"奶奶戳着我的额头生气地说："今年本来就歉收了，还天天下雨，再这么下去饭都没得开了！"我赌气地来了一句，"那就不吃得了！"奶奶气得抡起扁担就要揍我。她气急败坏地跺着小脚尖声喊道："你这死妹子，真不知道饿是什么滋味！"

晚上，爸爸和妈妈在昏黄的灯光下算着账：除去被雨水泡坏的和纳公粮的，再除去给俩老人吃的，没剩多少口粮了。"这两担谷怕是熬不到下一造啊！这可该怎么办呢？"妈妈愁得直叹气。

第二天，天一放晴，爸爸妈妈就马不停蹄赶着把稻谷挑到晒谷场上。他们一脚都不敢离开，死死盯着天。突然，雷声大作，雨又来了！他们来不及埋怨这鬼天气，又着急忙慌地赶着收稻谷了。

直到今天，我的脑海里还经常会浮现出爸爸扑去抢收稻谷的身影。他几乎是匍匐在地，把稻谷死死护在怀里，仿佛溅出去的每一粒谷子都能要了他的命。那岂止是抢收稻谷呀，那分明就是守护生命呀！对农民来说，粮食就是生命！

那一幕，让我终于理解了"粒粒皆辛苦"这几个字的真正含义。

文友们兴高采烈地走进稻田里嗅稻香，听虫鸣，翘首弄姿留影，他们喜笑嫣然。那个文艺小姐姐娇滴滴地感叹着："真美呀，这丰收的秋天就是一块浪漫的调色板！"

我们应该记住，这浪漫的色彩可是农人用生命调出来的。

说　静

晌午，无心睡眠，想到唐代贾岛的一首诗《题李凝幽居》。

"闲居少邻并，草径入荒园。鸟宿池边树，僧敲月下门。过桥分野色，移石动云根。暂去还来此，幽期不负言。"

何以为静？此当为之。

宋赵师秀值梅雨时节困步于家中，因感到无聊便邀好友到家，岂料不靠谱的友人爽约，怅惘之下他只得以"闲敲棋子落灯花"来排解心中之焦躁。这是有意而为之静。

柳宗元为慰心中失意，携三五好友至小石潭游玩，一众坐潭上，然"四面竹树环合，寂寥无人，凄神寒骨，悄怆幽邃。以其境过清，不可久居，乃记之而去"。可见其心虽静，也不敢过之。

《孔子集语》中有一句"树欲静，而风不止"。暂且不谈后句"时不待人，奉亲需早"之况味，仅此几字便深感"有静止之心而无静止之境"，那是一种无可奈何，一份无能为力。

王维晚年官至尚书右丞，职位颇高，然政局之变化无常，他早已看破仕途之艰险。他想超脱这个烦扰的尘世，便吃斋奉佛，与世无争。人到中年，他便开始过着亦官亦隐的生活，晚年安家于终南山边陲。

平日里，兴趣浓时，王维便独自四处游玩，每每有自我欣赏自我陶醉之乐事。或走到水之尽头去寻求源流，或坐观升起之云雾千变万化；偶然在林间遇见乡亲，与其谈笑聊天，乐亦无穷，常常忘了还家。

这淡泊之静，体现在《终南别业》当中：

"中岁颇好道，晚家南山陲。兴来每独往，胜事空自知。行到水穷处，坐看云起时。偶然值林叟，谈笑无还期。"

原以为贾岛的"僧敲月下门"超然出世是真宁静，可一句"偶然值林叟，谈笑无还期"，既出世又可入世。如此看来，王维之静，是通透，是真静。

茼蒿花开

周末回到乡下婆婆家，闲来无事便逛到了她的小菜园里。

婆婆的菜园不大，但菜的种类却不少。吃不完的甘蓝裂开了嘴；莴笋蹿得老高，菜杆子跟竹笋似的站了一地；芫荽疯长，开出了满天星一样的白色小花；地瓜花举着一个个紫红的小喇叭，吹得春风都醉了；最可爱的当数茼蒿花了，明明亮亮的黄，跟小雏菊似的憨憨地笑着……

我笑称婆婆是佛系种菜。婆婆哪晓得什么叫佛系，只嘻嘻笑着说："你们现在不愁没菜吃，就让它们长着呗，吃不完让鸡吃。"

我摘了一把茼蒿花插在办公室的花瓶里。学生好奇地问我是什么花这么好看。我失笑了，居然还有人不认识茼蒿花的。想来也是，现在的孩子五谷不分，十指不沾阳春水，见到的茼蒿都是煮熟了摆在桌上的，哪里识得它的花？

茼蒿是一种奇特的植物，它气味独特，并不太讨喜，不喜欢吃的人会认为它奇臭无比，喜欢吃的人却又甘之如饴。我认为喜欢吃它的人跟喜欢吃芫荽、茴香菜和紫苏的都是同道中人。

茼蒿性寒，特别吃油，肚子里没点脂肪的人吃了是要流清口水的。妈妈喜欢用它来涮炸过煎堆的油锅，满满一大篮根本不够吃。

1998 年的冬天，同村姐妹阿细在河边沙洲上开出了长长一块地。阿细家穷，姐妹又多，她恨不得把整个河边都种上菜。她清一色全种上了茼蒿，因为茼蒿长得快，还可以切上好几茬。当我们还在梦中呓语，阿细已经切好了一担茼蒿了。我们坐在过渡的船上望去阿细的菜地，那绿油油的茼蒿菜仿佛长满了阿细对生活的希望。

春分一过，茼蒿菜开始老了，似乎一夜之间它们就全冒出了花来。黄灿灿的花朵铺盖了阿细的沙洲地，煞是好看。过渡的人纷纷发出赞叹："好美呀!"

发愁的只有阿细。

她对那两个扛了相机来搔首弄姿的年轻女子说："要拍照可抓紧时间了，过两天我得把这地翻了。"

帮阿妈撒完谷种，阿细就赶了牛过来把洲地犁了。她也不拔那些茼蒿，她说可以沤了当肥。犁铧一过，泥土一翻，那些茼蒿就哗啦啦地倒下了，几朵茼蒿花在泥土缝里露出半张脸，苟延残喘，仿佛和命运作最后的抗争。

我捧着一把茼蒿花哼着小曲儿回家。爷爷看看一身泥巴的阿细，对我说："你呀，太幸福了!"

我看着眼前的茼蒿花，对那个好奇的学生说："你们呀，太幸福了!"

冬游红木山

初冬时节，正是品肥美鲜蚝的最佳季节，一时兴起，和许先生驱车直奔红木山。

好多年前去过红木山，一直对那条独特的村子念念不忘。

车子转入了水泥乡道。我突然想起多年前那条泥泞的烂路，那一路的颠簸直让我的胃翻江倒海。如今，这条平坦的路让我有了细细欣赏沿途美丽风光的闲情逸致。路旁望不到边的香蕉树上挂着丰硕的果实，风一吹，一股香甜诱人的味道便沁人心脾。一大片一大片的香蕉树翻起一层层巨大的绿浪，让人想到生命的蓬勃与震撼。

近了，村口挺拔的风景椰已经在向我们打招呼了。那两排整齐潇洒的身影让人仿佛看到了沙滩和碧海蓝天。未进村口已经闻到蚝的那种特有的咸腥味了，我的食指开始按捺不住要大动了。

我们先去码头。一艘艘蚝船已经归航，此时工人们正卖力地往车上搬那一串串硕大的沉甸甸的鲜蚝，从那蚝的个头看就知道它一定无比肥美。船上还有开蚝凿蚝的人，大家的脸上满是劳动的疲惫，而更多的是丰收的喜悦。

我忍不住想要上船买顿美味的鲜蚝尝尝。许先生说："先别急，带你去个好地方！"我知道他说的是哪儿，马上欢欣雀跃屁颠颠地跟在他身后沿着小路走去。顾不上处理满裤子的鬼针草籽了，只想着快点到，快点到。拐个弯，眼前的河滩上突然出现了一片望无边际的森林。林子不高，那浓重的青翠层层叠叠的和蔚蓝的天空映衬着，真是一场盛大的美啊！这就是我魂牵梦萦的红树林了。我禁不住欢声叫了起来："太美了！"

红树林素有"海上森林""海底森林""海岸卫士""海水净化器"等美称。作为当今海岸湿地生态系统唯一的木本植物，它起到了海岸森林的脊背作用。它具有防风搏浪、护岸护堤、调节气候等功能，对抵御海潮、风浪等自然灾害，维护和改善海湾、河口地区生态环境具有不可替代的作用。红树林还为海洋生物提供了理想的发育、生长、栖息、避敌的场所，所以它吸引了大量的海鸟、鱼、虾、蟹、贝等生物来此觅食栖息，繁衍后代。听说国家一级保护动物的海豚、儒艮（美人鱼）也经常在林区出现。

此时，天空掠过一支整齐的雁队，绿林雁影，远帆点点，真是美不胜收。

我爬上一艘停靠在岸边的蚝船，目光好奇地四处搜寻。许先生问我想干什么？我笑着说："我在找美人鱼呢！"他指着自己，一本正经地说："王子已经心有所属了，美人鱼是不会出现的了。"我被他逗得笑弯了腰。我们欢乐的笑声传进了林子里，惊飞了几只栖息的海鸟。

我望着那些裸露在滩涂上遒劲的树根出神，心里不禁感叹大自然的鬼斧神工。突然，一阵"哒哒哒哒"的发动机声音从红树林的拐弯处传来。原来是一艘蚝船从养蚝的海域收获归来了。

他拉着我的手往回走，说："快走，带你去买最新鲜的蚝。"我们在岸上一路尾随那艘船。船停靠在浅水湾上，我们迫不及待地跳上去。开船的师傅跟我们说，他的蚝是最正宗的本地蚝，包我们吃过返寻味。他还说，现在市面上有些人卖的蚝是从外地运回来，在程村河泡了几夜就充当本地种的，那些蚝一点都不好吃。我饶有兴趣地问他关于程村蚝的历史。他黝黑的脸上马上堆起了灿烂的笑容。他有点骄傲地说："说起程村蚝，那就厉害了，可是我嘴拙，不会说，你到那边去看看吧，里面贴了好多介绍呢。"他指着岸上那间高大的房子对我说，"你看，那上面写着'阳西县程村镇红光蚝协会'呢！"

买完蚝，我走进了蚝协会的大门。里面是宽敞的院子，院子的围墙上贴满了关于蚝和红树林的信息。我细细阅读着，这下不仅了解了程村的养蚝历史，知道了程村蚝的地位，还知道了蚝的各方面价值。

原来蚝喜欢生存在风平浪静、潮流畅通、咸淡水交汇、微生物丰富的海域，而程村的三山，即红木山、豪山、根竹山就靠近这种区域，所以他们拥有了得天独厚的利于养蚝的地理环境。

程村蚝人工养殖经历了 5 个阶段，从 1980 年以前的石头自然纳苗养殖到水泥柱自然纳苗养殖，到棚架式吊笼养殖，到吊柱养殖，再到如今的胶丝粘蚝吊桩养殖，这近 40 年的摸索，创新和努力融汇了养蚝户的多少心血和智慧啊！

蚝的营养价值非常高，它含有各种利于人类身体健康的营养成分，能益智健脑、壮腰健肾，有降脂减肥、促进胆固醇分解的作用，能加强细胞活性，使皮肤光滑，有美容的作用。难怪它被称为"男人的加油站，女人的美容院"了。

又懂得了这么多的知识了，真是不枉此行啊！

我们拿着肥美诱人的靓蚝驶向归途。经过红木山小学的时候，里面传来的琅琅书声把我吸引住了。我忍不住叫许先生停住了车。下车，走到学校门口，一扇古朴的大门映入眼帘，上书"谢氏宗祠"，原来这所学校是村民用家族祠堂改造的。大门两边是木刻的对联"派衍陈留发祥漠海，祠兴厚幕仰止高山"，古色古香的建筑内传出童稚的声音"人心齐，泰山移"。此情此景让人想到了两字——传承。不想打扰孩子们上课，我只是稍事停留便转身离开了。身后又响起清脆的读书声："人心齐，泰山移。"

回到家里，趁着蚝还新鲜，用阳江话来说是"好新水"，我马上就把它们洗干净，焯熟，滤干，配以肉丁和米饭爆香。煮蚝饭肉不能放太多，否则会夺去蚝的香味，那就喧宾夺主了。最后撒上香葱和芫荽（这可是蚝饭的灵魂，是必不可少的），一盘正宗的炒蚝饭就可以上桌了！那粒粒紧致又柔软、齿颊留香的鲜蚝，那吸足了香味的饱满澄亮的米饭，简直就是世间最销魂的美味！不吃个三四碗哪里肯放碗！

幸甚，我做了个阳江媳妇，能有幸常赏如斯美景，常尝如斯美食。

美人树

一夜入冬。

昨天老糊涂的太阳还猛烈到要把人烤熟，今天却懒得起来，温度骤然剧降。猝不及防的人们把厚大衣从箱子翻出来，没有带厚衣出门的旅人蜷缩着身子在狂风中咒骂着这个鬼天气。

我失笑，都快 12 月了，这难道不是冬天应该有的样子吗？

南方的花卉是没有时节观念的，它们在大冬天里疯狂霸占了大小路边、湖边、小区。

异花木棉更是张扬。

粉红本是温和的颜色，异花木棉却把它呈现得嚣张到极致。最先醒来的那一朵张开嘴唇把同伴唤醒，一时间，花团锦簇，一个个粉红的火把将冬天燃烧了起来。管你喜不喜欢，只要有异花木棉的地方就有一束束的目光流连。她的美有一种温柔的攻击性，不容忽视。

向来不太喜欢粉红色，觉得太柔弱，异花木棉告诉我，原来粉红也可以温情而不矫情。

狂风中，异花木棉没有乱了方寸，她的枝是坚韧的，哪怕花儿落了一地，她依然腰杆挺立。如果你仔细看那落花，你会发现它们大多完好，花瓣并无四散溃败。即使消亡，仍然保持一种美好的姿态。

我在一棵异花木棉下伫立，突然想起大学时的一位同学。她外表柔弱，却非常拼，身上有一种不能折服的韧劲，与年龄不符。少不经事的我们被她凌厉的行事作风镇住，觉得她过分厉害，有时甚至不太认同她的狠劲。毕业 16 年，我们经历着工作和生活的压力，一边迷茫一边挣扎，年少的轻狂与追求逐渐消失。与其说随遇而安，不如说麻目而不自知。而她是一直在奔跑，从来没有停下来过。她读了研究生，考了公务员，辗转换了好几处工作地点，现在广州最有发展潜力的地方工作。可贵的是她在繁忙的工作之余依然活跃在文坛，光芒四射。

她小小的身体似乎蕴藏了无穷的力量。

我在她朋友圈里评论：能让一个看起来非常柔弱的女子拼成这样的，身上该有多大的能量啊！由衷地佩服你！

她回道：为了梦中的橄榄树，唯有奋力拼搏，别无选择。

突然理解了她当年的拼与狠。

异花木棉还有一个名字叫美人树。她，不正是一棵美丽而坚韧的美人树吗？

南国的春

没见过北方的春天，雪融时雪水从山上潺潺流下时的景象，听说很美。只知道南方的春天下雨时，雨水从人家屋檐流下时溅起的碎琼乱玉，美得让人感动。

生在南国，爱极了南国的春。

初春时节，乍暖还寒。当北方还是千里冰封万里雪飘，残枝败柯被雪裹成森森白骨，只有梅花独立寒雪中时，南方已经是百花争艳，说不尽的姹紫嫣红，落英缤纷；当北方的鱼儿还躲在河水下不见天日时，南方的白鹅已经在欢快地红掌拨清波了；当北方人还畏缩在家中围着火炉一边烤火取暖一边喊冷时，南方人已经快乐地或是情侣相依或是三五知己又或是全家老少郊游踏青去感受"春风又绿江南岸"的惊喜了。

南国春天美，美得一如撑着油纸伞漫步杨堤柳岸的江南女子一样，清纯，婉约，脉脉含情又不失落落大方。

你看，南方的春天那雾，迷迷的，让人如入仙境。说它淡薄吗？它又着实让你看不清远处。说它浓重吗？它凝成的小水珠又轻盈得能挂在娇幼的新草嫩叶上。

你看，南方的春天那雨，细细的柔柔的，小家碧玉般恬静，沾在你发丝上是那样晶莹，待你轻轻一甩，雨珠便像调皮的小孩一样钻进你发丛里，凉凉的，像要渗进你皮肤里。若你忍不住伸出舌尖去品尝那雨水的滋味，倒有冰糖葫芦的清甜呢!

你看,南方的春天那阳光是那么温暖,晒在身上就像母亲用温柔的手轻轻抚摸你一样幸福。若你坐在阳光下看一本好书,品一杯香茗,那该有多惬意!若你在阳光下美美地睡上一觉,就如一家子围着圆桌吃火锅一样,该有多温馨!

你再看,南方春天的风,那么柔和多情,吹在身上像恋人的手牵着你漫步海边一样浪漫。

南国的春,风情万种,每一个细节都是一首诗,一支曲,一幅画。无论你甘做凡夫俗子或从来自诩圣人都无法抵挡它的魅力。

哦,多美,南国的春!

2002 年

活　着

今年乡下的房子加建，节假日我和老许会回去帮帮忙。

包工的老板是个健谈的中年人，他的妻子给他当小工，俗称"泥仔"。一来二去，我们就和他们熟了。他听说我喜欢写文章，于是一脸崇拜地说："不如，你把我们的故事写出来吧！虽然我没文化，但是，我也想让大家知道我是一个有故事的泥水佬！"

他说："我觉得，我是一只打不死的小强，你就给我取名'强子'吧！"

于是，便有了这个故事。

强子疲惫地侧躺在床上，眼睛巴巴望向窗外。月光亮得瘆人，夜愈发显得清冷了。他掖了一下棉被，转过头来看了一眼酣睡中的阿月，心中涌上了一阵愧疚。

唉，他轻轻地叹了一口气。牙痛和心中的焦虑让他无法入眠。床是别人的。他接了一单工程，一个有钱人买下了这栋别墅。五六百万买下别人的别墅，人家还没有住两年，一切都是新的，可是这个有钱人硬是要把所有的东西都换掉，当然也包括这张床。因为晚上回家太远，只得在这儿过夜，所以强子就暂时留下了这张床，想着等到装修好了，再拖出去扔掉。

这单工程是朋友介绍的，强子只见过那个有钱人两次。最近一次就是昨天。有钱人开着奔驰带着情人过来看装修进程。他 50 岁上下，腆着个大肚子，那条金项链亮晃晃的挂在肚子上，至少也有一两斤的样子，阳光一照，闪得直扎眼。他那个女朋友 20 来岁，身材性感，这么冷的天只穿一条修身的短裙，又长又白的腿裸露在清冷的空气中。她细尖的高跟鞋踩在地板上发出清脆而诱人的声响。她细嫩雪白的脖子上和纤细的手上戴着的首饰跟她的妆容一样耀眼。阿月悄悄扯了扯强子，"等你发迹了，你也会买奔驰吗？也会找一个漂亮的情人吗？"强子说不会，他顿了一下又说："我不会发迹的。"阿月说："我是说假如。"强子说没有假如。阿月羡慕地看着那个女人精致的眉眼，叹了口气，说："她真好看。"强子捏捏她肥厚的屁股，说："你也好看。"阿月掸掸身上的灰，推搡了一下强子，"你就是不正经。"强子嘿嘿笑着说："我要是正经怎么追得上你。"

十几年前强子初中没读完就跑去东莞打工，他和阿月就是在工厂里认识的。在异乡，举目无亲，两个同乡的年轻人互相照应，自然地就走在了一起。厂哥和厂妹的爱情故事平淡而浪漫。后来工厂倒闭了，他和阿月便回老家结婚生子。

迫于生计，强子跟老乡学起了装修。水电安装，室内装修，强子人精，学得快。去年阿月也跟着他出来工作。几十斤的水泥阿月一把甩在背上，噔噔噔地就背上了楼。锋利的瓷砖把阿月的手割破，强子心疼地给她包扎。她满不在意，贴上止血贴对强子说："没事，咱皮糙肉厚。"阿月生完孩子后就发福了，过去她很在意自己的身材，老是嚷着要减肥，如今跟着强子出来跑装修，她就不嫌自己胖了。她说："咱身体强壮点才有力气干活。"因为子宫特殊，阿月三个孩子都是剖腹产的。打了几次全麻的针，腰都打坏了，可阿月从不在强子面前喊疼，但是她偷偷捶背的动作还是让强子看见了。强子背过脸去，他眼睛红了。

其实，阿月也没睡着，她在想事情呢。

阿月娘家穷，兄弟姐妹又多。她刚读完初中就去打工。她跟母亲说要把钱留给哥哥和妹妹读书。阿月是个聪明的女孩，读书的时候成绩好，奖状贴了一墙。母亲总是觉得愧疚于她。她安慰母亲说："没事的，哥哥是男孩子，要多读点书，以后读了大学有了工作您就可以享福了，妹妹还小，也应该多读书，她不会干活，不读书能干嘛？"开始的时候，母亲是不同意阿月嫁给强子的，她说强子没文化，家又穷，干的又都是体力活，以后年纪大了生活也成问题。阿月说："咱也穷，咱也没有文化，而且又生得不好看，不嫁给他，还能嫁给谁？我们就努力干活，多攒点钱把孩子教育好，以后会有好日子过的。"

强子生得白净，浓眉大眼的，如果不是平时工作穿得破旧，一点儿都看不出他是搞建筑的。强子曾经帮一个早年丧偶的富婆装修过房子。富婆隔三岔五就叫强子返工。有时说电路坏了，其实只不过是要换个灯泡；有时说水路坏了，其实只是水龙头松了。强子忍着性子办了。富婆每次都要给他钱，强子每次都只是象征性地拿一点儿。

有一回，富婆拿出一套西装送给强子，说是公司年会发的。强子当然不信，她一个女的，公司怎么会发给她一套男装？而且尺寸刚好是强子的。强子不要，他说如果下次有合适他老婆穿的再要。富婆鄙夷地说："我公司发的都是高端的衣服，怎么会合适你老婆穿？"强子把衣服递回给她说："你公司发的都是高端的衣服，也不会合适我穿，我只是一个没文化的装修工，这么好的衣服穿在我身上像耍猴似的，糟蹋了。"还有一次，富婆准备了美食给强子吃。强子给她装好灯，说："时间也不早了，我要回家了，如果可以，我想把这些食物装回家给我老婆孩子吃。"富婆便悻悻地打发了他走。从此以后，她就再没有叫过他来干什么活了。

强子和阿月在镇上离孩子学校很近的地方租了一间小房子。房子真的很窄，比现在这个富人家的主人房还要小。他和阿月睡在人家那张大床上想，什么时候才可以拥有一间属于自己的房子？才可以拥有一张如此宽广的大床？本来阿月是没有跟他出来工作的。因为要照顾孩子，平日阿月就在租来的房子做点小手工，到时间了就去接送孩子上下学。但是去年强子的父亲突然检查出患了肺癌，家里一下子陷入了水深火热当中。为了减轻强子的负担，阿月就跟着强子出来干活，孩子只能托给大姐照顾。

上个月，大女儿的班主任突然打来电话，说大女儿在班上公然顶撞了数学老师，被数学老师罚到走廊上站了两节课。阿月听完觉得很震惊，因为大女儿是出了名的听话的，以前还拿过奖学金呢，怎么突然就变得如此顽劣了呢？她马上打电话给大姐了解情况。大女儿接过电话说数学老师歧视他们农村来的孩子，说他们拉低了班里的成绩，她不服气，才顶撞了数学老师。阿月只有叫她忍耐。前两天，大女儿又打来电话告诉她自己来月经了，不知道应该怎么办。她一口哭腔，"妈妈，你回来好吗？"阿月眼眶都红了，哽咽着说："你有不懂的就问大姨吧，或者问表姐。"大女儿哭着说："大姨不是妈妈，妈妈，我想你了。"阿月终于忍不住也哭了起来。

她想，是该回趟家了。大丫青春期长得快，裤脖子都快勒上小腿了，该给她置换衣服了。二丫近视又深了，黑板的字又看不清了，该换眼镜了。弟弟整天不穿鞋子，跟个泥猴似的，该给他买双球鞋了。唉，又是一笔不小的开支啊。

这是一幢靠近江边的别墅，晚上偶尔会传来哒哒哒的船声。强子想起家里那条浅浅的小溪，小时候他经常和伙伴们下去抓鱼。一到冬天就会捉到好多好多的鱼，他把鱼晒干了，妈妈煮熟了就着粥吃，实在太好吃了。强子想着什么时候也去这河里捉点鱼晒干阿月吃。可是手里的活太多了，什么时候是个头啊？要是没有活了，日子又该怎么过下去呢？这么想着，他的眼皮越来越重了。

他闭上眼睛，眼前出现了一个很大的月亮，月亮上有一间漂亮的大房子，里面传出欢声笑语。他走进去，阿月和三个孩子正在里面围在一起打火锅，真暖和。阿月对他温柔地笑笑说："来，就等你了！"

他，也笑了。

完稿之后，我把文章打出来给他看。他看完竟然流泪了。

一个感性的泥水佬。

眼下，房子就要完工了，不知道他又要接着给谁装房子了。

每个活在这个尘世中的人都不容易。

在这个初冬之夜，我祝愿他早日拥有自己温暖的房子。

大步向前　偶尔回望

在"中国好声音"又看到了李行亮。

第一次看到他是在 2010 年的"快乐男声"。那时的他带着一股嚣张的孤傲，固执地用自己的方式去演绎一些不太流行的歌。让我印象最深刻的是那首《故乡的炊烟》，他把我唱得心都碎了。比赛过后我就再找不到他那个版本了。

现在的李行亮蓄了一把长发，身上带着一种所谓艺术家的潦倒和颓废，还有他与生俱来的孤傲，只是那种孤傲里的嚣张已变成小心翼翼甚至诚惶诚恐了。他的嗓音依然清澈干净，但我还是听出了一丝疲倦与无奈。心里不禁生出些许隐隐的疼痛，为他，也为自己。

在这个世界上究竟有多少人为了梦想拼得头破血流，体无完肤，甚至粉身碎骨的？这些人最终成为英雄的只是寥寥，而多数都只能是一粒微尘，风过无痕。

所以，在梦想面前，很多人还没上路就已选择了退路。

所以，很多人都天天慨叹梦想不能实现。

今天看到李行亮后真的很有感慨。曾几何时，自己发誓要对文学绝对忠诚，只要还有一口气都要写下去。可是当一个小报社向我发出邀请函的时候，我却选择了放弃，因为它的效益不好，我没有勇气跟它共存亡。直到今天，我仍然无法原谅自己，但，这就是生活。今天，李行亮还在唱歌，一个快男的实力唱将依然没有找到出路，他还要放下高贵的身架去用歌声打动别人或者说是讨好别人，请求别人替他谋出路。

假如，他失败了，他又会用怎样的方式去和生活对抗呢？这个世界还有没有真正属于他的舞台呢？我下一次听见他唱歌又会在哪里呢？他的梦想还能坚持多久呢？

我的梦想又能坚持多久呢？

带着一丝惆怅和儿子、小侄女回到了初中的校园。

校园变化挺大的，教学楼焕然一新，真的是时过境迁。让我非常惊喜的是，我最尊敬的邓志清老师居然还守候在这里！他是我年少时的伯乐，如果不是他，也许我不知道文学是我应该忠诚的。

十几年前，我还是个懵懂得像张白纸的小女生，相信付出就有收获，相信梦想，相信爱情，相信爱能改变一切，相信世界是美好的。

后来，我和那个白衣飘飘的年代里所有思想单纯的少年们都长大了。

现实生活当头棒喝，我们逐渐失去奋斗下去的耐性，尤其是发现自己只是小溪里一颗普通的鹅卵石，而非曾经自以为的钻石时。于是，我们开始怀疑梦想，开始担心自己被人算计，开始不再相信爱情，开始觉得幸福永远遥不可及……我们常常会焦虑不安，觉得自己与周围格格不入，跟不上时代的步伐，自乱阵脚，让挫败感趁虚而入。叹气，失望，竭斯底里。

事实是，我们不是得到的太少，而是想要的太多。

今天，我又站在这个我成长过的地方，仿佛又看到了当年那个心怀憧憬的少年，心里突然有了一种久违的、纯粹的快乐。

朋友，如果你也会浮躁，请你也回去成长过的地方吧，也许你就会知道自己其实想要什么。

大步向前，偶尔回望。

生活还是很值得期待的，不是吗？

2012 年暑假

偶　感

早些年，在玉器市场被一只镯子勾去了魂魄。它是那么的小巧玲珑，那么的晶莹剔透，如果它是一个女子的话，定是肤如凝脂，我见犹怜。我当即把它带走了。

这些年我一直戴着这只镯子，逐渐发现了她的缺陷。两处黑点，几道明显的石纹，这些瑕疵我当初怎么就没有发现？于是心中便日益嫌弃她。

去年年末再去觅得另一通体翠绿、完美无瑕的镯子，心里认为这才是自己真正欢喜的。

费了很大的劲没能脱下旧镯子来，戴两只又显得俗气，只好作罢。

许是近日瘦了些罢，今早随意脱了一下，她竟然就轻易地滑落下来了。心中不禁一阵窃喜：终于可以换上那只新的了，可旋即又是一阵不舍，它毕竟随我好长时日了，真要遗弃她么？

细细想来，对物如是，对人又何尝不是一样。

初遇一心仪对象，满心的欢喜便蒙蔽了双眼，所见到的都是对方的优点。天长日久，那些缺点就都通通跑出来，原形毕露了。原来，他是那样邋遢，懒惰，俗不可耐，还一身臭脾气。你甚至感觉一天都不想和他再过下去了，但要你离开他去另觅新欢，你又会对他恋恋不舍，总会忆起旧日的欢愉。

无论人还是物，最后都会发现，还是旧的好。

第三辑 **诗和远方**

花 事 未 了

季节里的诗

春　天

春天是什么

春天是清晨齿锯蕨和野芋叶上的露珠

春天是木棉枝头上试探着阳光的花苞

春天是细叶榕上那对恋爱的鸟雀

春天在鸭掌木花中被蜜蜂口口相传

春天被阿嬷搓成糍粑放进油锅里炸出一团和气

春天被阿妈摁进泥土里长出一片蓬勃的希望

2021 年，除夕前

春　分

黄风铃掏出锋利的匕首

捅破了春天的一面之词

紫荆花纷纷败落

木棉坚持自己的执念

将火把高高举向天空

火星掉落地上砸醒了旧年的青蛙

我蒸上一锅艾糍

表达对一个节气所有的敬意

2021 年春分

暮春 · 初夏

昨夜，春天不知被谁灌得人事不省

夏天趁机蹑手蹑脚地猫了进来

明亮的野菊花在路边奔跑

她们马不停蹄地追赶着微醺的风

一种叫无尽夏的绣球花像是听到某种召唤

纷纷抛出了她们织了一个季节的妩媚

一只失眠的蝉在四月醒来

它在镰刀花树上静默地孤独着

等待着它的那个在六月苏醒的新娘

2021 年 4 月，看见第一只蝉

立 夏

太阳终于在这个早上结束了它的优柔寡断

鸢尾兰挡不住它灼热的表白

娇喘吁吁投进它的胸怀

三角梅和蔷薇格外招摇

她们爬上门楣，越过窗台

牵住了我紫色的裙裾

一只山蝉突然唱起了它炽烈的情歌

我突然怀念起那片大风凛冽的海

小　满

水稻开始怀抱她的希望
油菜花在结她的籽
玉米须逐渐金黄
一朵阳光穿过尤加利树
开在酢浆草上
开在我万马奔腾的心房上

秋

那个看起来最安静的女人
站在最高的石头上唱歌
她渴望
稻浪把她淹没在这个深秋里
稻芒把她揉碎了燃烧了又重新整合

她突然想起那个少年
想起风中的那场追逐
想起那个不合时宜又自然而然地发生的吻
仿佛这稻香般青涩又甜蜜

到河里去
让开始冰凉的山水
紧紧地把双脚抱到疼痛
让那尾骨感的细鱼

轻吻脚踝上的疤

让惆怅的脸上生出一朵欢喜

草，又青又黄

云，不轻不重

莲，一边死去一边生长

一切，都不在一个色调里

一切，又居然很和谐

2020 年稻熟时节，在阳西山塘村

南方的秋天

南方的秋天总是让人会错意

窗外的阔叶榕将错就错

抽出了一枚枚黄绿的芽

太阳花举着一把把五颜六色的小伞

嘻嘻哈哈地在风中打闹

仿佛正要参加春天宴会的孩童

大王椰刚刚笨拙地捧出了他的花

第一支路过的雁群就拨乱了他精心梳理过的头发

在这个微微有点凉意的清晨

我穿上一袭红衣

把自己嫁给了秋天

2020 年深秋，在教室走廊

寻　梅

过山风穿过陆放翁的银须

把你带到了卫国的深冬

我没有骑上高头大马奔向你

我怕我的唐突惊扰了你的静谧

我攀缘着石头寻你

那些嶙峋的棱角企图阻止我奔向你

我看见你站在凛冽的寒风中

开出一片雪白

一只身着红衣的鸟闯进你的海洋

姑且就叫它喜鹊吧

你抿嘴微笑，抖落一地雪花

我想在山顶筑庐煮雪

一只白狐会突然来到我脚边

告诉我，你足足等了我一千年

2020 年深冬，在阳春卫国

黄风铃

她衣袂飘飘，站在

三月的湖边梳妆，湖水

映着她纤软的腰肢

明亮的笑颜

风，这个痴情又鲁莽的汉子

一来，便迷醉于她柔嫩的唇

她抿嘴娇嗔，轻轻咬着他的耳朵

袅袅娜娜，摇落一地的情话

你的眼睛

你的眼睛里有绿色的露珠
雪白的花朵在你的眼睛里吐出芬芳

你的眼睛里有蓝色的湖水
斑斓的鱼和飞鸟在你的眼睛里亲吻

你的眼睛里有星河万丈
人马座在你的眼睛里拉开温柔的弓箭

你的眼睛里有一炉炭火
野猫在你的眼睛里打着安稳的盹儿

你轻轻闭上眼睛
阿拉丁灯神悄悄走来
拨开你的睫毛，问你想要许什么愿望
你说你想看到
新年的阳光穿过茂密的森林和村庄

2022 元旦诗

白　露

夜雨临池
我自悠然
抽刀断水

犁上一亩天穹

耕云钓月

任它天凉夜渐长

2021 年 9 月 7 日

女人诗

失眠的女人

凌晨四点半
那个不知是早起还是夜归的路人
拽走了一路的晨霜
失眠的女人点着一支红双喜
慌不择路的烟圈逃出了防盗网
奔向了远处的远方
那只七条腿的蜘蛛撕扯着一只瘦长的蚊子
失眠的女人叹了一口气
走进了厨房

种花的女人

听说种花会使人心情愉悦
种花的女人不开心的时候就种花
于是，她种出了一个花园
那些鹅黄的雪白的血红的花

仿佛一只只雀跃的蝴蝶

在郁闷的午后渐渐放荡

和招摇的风胡搅蛮缠

种花的女人浇上一瓢水

全世界就静止了

图书馆的女人

图书馆的女人穿着一袭水墨旗袍

摇曳在书架间

她腰间的长发渗进了戴望舒的雨巷

那些湿漉漉的青砖石阶

长出苔花和不知名的菌子

图书馆的女人把瘦长的手指从书本里抽出

随手抖掉那只短尾巴壁虎留下的痕迹

下班了！

同事睡眼惺忪地伸了个懒腰喊道

把她杏花般的眼睛拉了回来

唉，又是寥落的一天

——给文友陈瑜

我见过你

我见过你，在旧木书架上

你不沾一丝轻尘，袅袅娜娜

一缕墨香绕在你葱白的指尖，缠绵

我见过你，在酸枝桌上的团扇里

你颔首低眉，抚琴浅唱
哀伤的妩媚落在你的衣袂，飞升

我应该见过你，在湿漉漉的江南
你撑一把藕黄的油纸伞，细腰盈盈
一朵惆怅开在你的眼角，你的发丝

乡愁里的诗

偷　蔗

那年我六七岁
也许是七八岁
同村阿哥带我们去偷蔗
阿细说："别偷我家的，我阿妈数过呢！"
阿坚说："偷我家的吧，我阿爸不在家！"
阿坚没有妈妈
最后大家决定偷我家的
我们跳过几块菜地和番薯垄
躲过大人的眼睛
窜进我家蔗地
阿妈刚给甘蔗褪去老叶
它们站在风里招引着这群垂涎的顽童
噼啪！
一棵棵甘蔗应声倒下
他们拖着甘蔗飞奔

我转过头庆幸那窝鸟蛋逃过了一劫

——赏七哥甘蔗图有感

一梦几许

我梦见钉着木阁楼的老屋
那只灰麻色的老猫从灶底伸出沾满鬼针草籽的尾巴
我用火灰叉一撩
它便嗖嗖地蹿出来从窗户跳上二伯公的瓦房顶去了
它回头向我咧开一口细尖牙
仿佛在挑衅我

我梦见那棵我爬上去就下不来的番石榴树
还有那棵我永远都爬不上去的黄皮树
那只顶着一个髻儿的黑鸟啄开一朵芭蕉花
青涩的味道便钻进了我的鼻腔里
妈妈从牛屋出来，揪了我一把，
"你这脏丫头，又用衣袖揩鼻涕！"

我梦见推着刨木刀的爷爷在修理着那匹小木马
梦见了被爷爷气得直跺脚的奶奶
奶奶从画着仕女图的瓷枕头里摸出一把角币
悄悄地靠近我的耳朵，
"去吧，买雪条去！给弟弟也来一条！"

弟弟，弟弟，你的牛奶雪条是什么味儿的？
为什么我的绿豆雪条又苦又涩？
为什么老屋不见了？

为什么老猫不见了？

为什么番石榴树黄皮树不见了？

为什么黑鸟和芭蕉花不见了？

为什么，爷爷奶奶都不见了？

2020 年冬夜，梦醒时分

使君子花

一九九几年的使君子花

开在了今日清晨的枝头上

它在暴雨后把脸埋向了泥沼里

于是，淤泥都变成香的了

我摘下最动人的一束

把它高举过头

那些红的粉的白的小瓣

仿佛一个个恋爱中的少女

在阳光的射线里娇喘吁吁

呼出牛奶般甜蜜的气息

叶脉上那滴晨露穿过虫子咬破的洞

刚好落在我的睫毛上

我一眨眼

它便砸到了我的胸口上

一种隐隐的疼痛

便啪地又开出一朵花来

2020 年暑假，在娘家，晨跑路上

回　家

像一只流离失所的孤雁
停留在他乡的枝头上
战争夺走了你的亲人
你说，有父母的地方才有
家，你八岁就没有了
家。一个人
抱着一张破烂的被子
在陌生的地方流浪
血流成河的杀戮
加深了你瞳孔里的惊恐
以养子的名义
你寄居在别人的檐下
众人口中的野子
开启了没有童年的成长
多么缓慢的迅速
每时每刻你战战兢兢
如履薄冰
如同一株弯曲的苇草
被风掌控，没有尊严
你还当过被压榨被凌辱的学徒
手中的木匠刀为生活劳碌奔波
后来，你遇上了她
那个破落的地主小姐
你带着她走南闯北
开枝散叶。一道一道的桥

在你和同伴的手中横空出世

无数人跨过河水通往了回家的路

而你，始终没能造出一道

可以回自己家的桥

数十载寒来暑往

你终于停下你的辛劳

炽烈的目光变得浑浊

你开始相信神灵

说每个人都应该有善念

你满怀慈悲善待每个生灵

却独独忘了善待自己

午夜梦回

你总是被回家的执念折磨

那张破烂的棉絮陪伴了你一生

你说，有一天你不在了

一定记得要用它盖着你的棺木上山

"寒冷是很痛苦的"

那天傍晚

你喂饱了已经认不得你的她

突然摔倒在地，匆匆走了

匆匆——永远地走了

守夜的时候

我多想躺下来陪陪你

就像儿时你哄我入睡一样

走出殡仪馆门口

弟弟抱着您的骨灰坛上车

就像抱着一个婴儿一样

他说："爷爷，回家吧！"

我，突然就不难受了

2014 年清明，写给爷爷

过　年

九十几岁老外公的年是又熬过了一冬
公公的年是老哥哥又给他写好了"祖先堂"
婆婆的年是她养的鸡鸭鹅又得到了褒奖
爸爸的年是又把老屋门窗重新油了一遍
妈妈的年是又把她的土货塞满了儿女的车尾箱
孩子们的年是又攒得了一沓红包
丈夫的年是又还上了一年的房贷
我的年是又给全家烧了一桌丰盛的年夜饭
还有家人脸上洋溢的欢喜
我的年是
看着孩子手里的红包
想起小时候自己的红裙子
还有那两只跳跃在羊角辫上的花蝴蝶

2021 年春节

爸　爸

爸爸，我昨晚走了一夜的路
从村口的老井边走到上学的渡口
从学校门口走到结婚的礼堂

爸爸，我看见年幼的我坐在您的肩膀上
您欢笑着把我举向春天的太阳

一只蝴蝶刚好落在您光洁的额上

爸爸，我看见您从肩上卸下一担沉重的鱼草
您从里面掏出一个熟透的番石榴，递给我
果子很甜，还掺了您汗水的咸味

爸爸，我看见您驮着我抄近路去市区看老中医
您那辆老式自行车的轮子转得飞快
我们的身后是呼呼的风和隐约的花香

爸爸，我看见您暴跳如雷地从旧墟冲回家
您的手上拎着从家里偷了钱的我
我的脸上火辣辣地印着您手掌的模样

爸爸，我看见您灼灼的目光
落在我满是奶香的褓褓上
落在我天蓝色的校服上
还有，我那洁白如雪的婚纱上

爸爸，有一句话藏在我心里好多年了
我想说：爸爸，您辛苦了
如果有下辈子，我还想做您的女儿

写在 2021 年父亲节

写在儿童节

那些年我还唱着：太阳当空照，花儿对我笑。
那些年风很懒，总是不肯吹落蒲桃树上的鸟窝。

那些年云很活泼，在天上开着热闹的动物园，里面的动物奇奇怪怪。

那些年我作文里的好人不留名，指指胸前说：请叫我红领巾。

那些年孙悟空是自由的，阿童木是自由的，葫芦娃是自由的，哆啦A梦是自由的，圣斗士星矢是自由的。

那些年妈妈是花枝招展的，爸爸的巴掌打在我脸上是火辣火辣的。

后来我长大了。唱着：越长大越孤单，越长大越不安。

风开始轻，云开始淡，天上的动物园已经肄业。

我写着各种谋生的文案。那个叫红领巾的小孩不知在哪个路口迷了路。

客厅的电视机败下阵来，手机在我的手中趾高气昂地指点江山。

妈妈现在只关心她的鸡鸭吃了没，下蛋了没。爸爸忽而变成了一个温驯的小孩，他问我：你什么时候回来？

儿童节最先在朋友圈到来，我拔掉几根白发，也对自己说声节日快乐，假装自己还是个简单的小孩。

2021 年 6 月 1 日

我知道我不知道的

小时候，餐桌上的鸡腿
永远搁在我和弟弟的碗里
我知道，妈妈是不吃鸡腿的
外公病危，妈妈在医院外的小店
默默地吃了一盘鸡腿饭

鸡啼一遍
妈妈已起身到地里割菜
我知道，妈妈是不用睡觉的
饭点，上一秒还在谈笑风生的妈妈
突然打起瞌睡，筷子掉在地上

田地里、乡道边、饭桌上
到处是妈妈爽朗的笑声
我知道，妈妈是不会哭的
我出嫁的喜宴上
妈妈的眼睛红肿了一片

我知道我不知道的

追飞机的小女孩

头发蓬乱的小女孩
坐在田埂上，虱子
在她的头上安家落户
她的怀里抱着一只迷路的鸭子
飞机轰鸣，拖着长长的尾巴
掠过一排尤加利
小女孩追着飞机喊：
"飞机，带我走……"
飞机没有带她走
听见她的，只有
那只找不到家的鸭子，和
一头欢乐的虱子

悠悠粽香飘　浓浓家国情

采摘，焯洗
码好的粽叶像阿妈的心一般柔软

量拣，浸泡

糯米和豆子饱满地欢喜着

切条，腌制

五花肉终于等来了它的使命

阿公从屋顶取下晒好的蛋黄

如同摘下一颗颗温暖的太阳

叠叶，打角

放米，放豆，放肉，放蛋黄

包裹，下锅

一道道工序在阿嫲写满岁月的手中舞蹈

粽香悠悠，飘出家门

阿嫲将粽子分成了几份

她说

这一份是寄给戍守边疆的叔叔的

这一份是寄给疫区当医生的大伯的

还有这一份是寄给留学的表姐的

打包，戳印，发货

阿嫲的粽子寄出去了

这寄出去的，岂止是粽子

还有阿嫲的爱

还有，来自家乡的关怀

2022 年农历五月初五

七贤书院

你从明代走来

诗韵墨香，百世流芳

古梅枝头栖息着先贤的宏愿

每一张瓦片都镌刻着他们的遗志
残酷的战火抹不去历史光辉的足迹
古老的歌谣唱诵着悠长的记忆
绵延的丹江水将你的故事代代相传
你锈迹斑斑的门闩正待重新拉开
我相信，有那么一天
你定会张开怀抱，四方来客云集
同迎这繁华盛世

渔乡晚唱

阿爸的船儿穿过密匝匝的红树林
阿妈翻飞的蚝凿挑出
一颗颗晶莹饱满的蚝肉
那肥美的滋味，仿佛
已经在喉间滚动，腾飞

浪花把一只只小毛蟹推上滩涂
它们大刀阔斧，进攻着跳跳鱼和蚌子
惊起的白鹭和鸬鹚翩跹在船头桨尾
夕阳，在阿妹欢喜的渔歌里
沐浴，沉沉睡去

乌　桕

她披上了一缕火红的嫁衣
腰肢骨感，袅袅娜娜
翻滚的稻浪炽烈地向她奔来

残荷在她身后呻吟

她轻轻叹息，一树寂寥

重重落在那只离群孤雁的翅膀上

夏天，终于偃旗息鼓

行走的诗

半　山

从前，我渴慕山顶那只隼
它盘踞在那块直插云天的石峰上
骄傲、凌厉
还有那朵不知天高地厚的云

如今，我只想爬到半山滚下来
让细碎的树叶沾满我蓬乱的花白的发
然后，我笑了
像个娇嗔的少女，像个天真的童孩

2020 年秋，在东莞松山湖学校小山

假如你捡到了我的杯子

在长途大巴上
我被摇晃得晕头转向

我伸手去摸索我的杯子

突然惊觉我竟然把它遗忘在了酒店前台的沙发上

那个浅蓝色的圆口杯子

它曾经日夜和我亲密接触

像个体贴的爱人

温润、柔和地呵护着我的唇

这一刻，它还在默默地浸泡着治愈我咽喉炎的苦丁茶

我却辜负了它

此刻，它定然像我一样孤独

亲爱的你

假如你遇到了它

请不要把它丢进黑暗污秽的垃圾桶里

请你把它带回家

插上一支绿萝或者一朵花

2020 年秋，出差途中

废　城

我推开一扇古木做的门

走进一片荒芜的城

那些断壁残垣上陈列着苍白的骷髅

那曾是些鲜活的人

废墟上跪着几棵枯槁的树

我分辨不出那都是些什么名字的树

树上没有栖息着一只寒鸦

更别说其他缤纷的鸟

我看见死去的树的躯干上

竟然刻有一些古老的文字

那貌似是哪个痴情的汉子写给他的女人的
炽热的情书
我轻轻叹一口气
那些字居然轻易就灰飞烟灭了
一朵白的野菊花在瓦砾中探出它小小的头颅
那是我在废城里看到的唯一的生命
我问它，我是不是这座千年古城唯一的过客
它说
你忘了
你曾是这座城里的人

平行线

从开始到现在
到没有终点的将来
没有交集却无限贴近
你追着时光的脚步不曾停歇
我就在你的对岸默默跟随
你繁花遍地
我寂然落寞
我垂下睫毛不让你窥见我的泪
常春藤越过岁月的窗台
漫上我曾经光洁的额
她轻轻绾起我的青丝
在我鬓边插上两朵洁白的花
我拨动我的琴弦
瞥见一缕细雪悄悄渗入你的发根
我们任由清风吹落肩上的晨霜

不悲，不喜

亿万次轮回以后

你会发现

我的眼神澄澈如初

你依然可以透过我漆黑的眸

找到最好的自己

我爱你

无需你穿越时空来与我交汇

你只需回眸

给我一个深情的眼神

就足够我欢喜千年

——某次肾结石发作，在医院，见并排点滴架有感

蒲公英

一枚蒲公英

穿过细密的晚风

来到我的脚下

它纤长的绒毛在余晖中

闪闪发光

我的胸口突然噙满了

感动

生命是如此渺小

却又何等伟大

我们难道

不应该敬畏它吗

2020 年疫情暴发期间

双生花

一朵逆风而生

一朵向阳而开

一朵内柔外刚

一朵内刚外柔

一朵由刺猬长成了树袋熊

一朵由树袋熊长成了大白

不在一树枝头

却又并蒂同生

——给晓君

痛　楚

当日光的最后一抹残辉隐退

黑夜开始吞噬白昼

璀璨的霓虹灯

把城市的黑夜照亮

人类的虚伪无处躲藏

瑰丽或苍白的暮色里飘忽了

许多媚笑

狰狞或可怜

我赤足踏在布满玻璃碎片的城市里

独自分辨着烈酒与欲望的味道

发觉

唯有痛楚的感觉最真实

2003 年冬夜

蓝莲花

背一把木的吉他
流浪到很远的天涯
匍匐在布达拉的脚下
来一场虔诚的朝圣
我抬头，看见一道璀璨的星河
它开出一朵蓝色的雪莲花
我希冀，在生命的下一个轮回
它会张开温情的瓣
吻上我冰封千年的唇
吻醒我前世的记忆
等我睁开黑夜般的眸子
会看见，一缕干净的灵魂
飞向那朵圣洁的花
我知道，那是最初向往自由的我

2015年，闻同学骑行西藏有感

失眠及其他

儿子把一只蝉关进了一个小盒子
于是，夏天就被养进了房子里
我穿过丈夫的打鼾声　穿过那只蝉的惊鸣
一抬头，就看见了开满鲜花的月亮
星星和我一样，没有半点要睡的意思

城市的夜晚

城市的夜晚没有黑暗

城市的夜晚被形形色色的灯光吞掉了

我突然怀念小时候纯粹的夜晚

黑暗是极致的黑暗

伸手不见五指的恐惧里

有突然尖叫的发情的野猫

有隔壁阿婆鬼故事里的食人外婆

有穿过瓦楞飞到床前的萤火虫

有爷爷的呓语和奶奶的呢喃

还有我对长大成人的期盼

我突然有敲碎一盏路灯的冲动

但是我没有这么做

因为我知道砸碎一盏路灯并不能拯救一个黑夜

我姑且收起这个罪恶的想法

斟茶，和一缸泥鳅聊聊诗酒花

最　好

最好爱丝梅拉达听懂了加西莫多的钟声，巴黎圣母院也没有被烧毁

最好王子知晓人鱼的痴情，他们畅游在温情的海上

最好撒哈拉的沙子相信眼泪，三毛终于等回了她的荷西

最好你永远相信爱情，即使世间并无神仙眷侣

最好灰姑娘的后母是个善良的女人，南瓜车不用星夜逃离

最好世上并没有希特勒，战争之火不会被燃起

最好夏天的阳光不恶毒，冬天的寒风不凛冽，人们活得自在
最好你永远怀揣人性的善，即使恶徒横行

最好东川红土地不会消失，上帝不会收回遗落人间的画板
最好马尔代夫不会沉没，它不止能再承载一百年的狂欢
最好冰川不会融化，北极熊不用在苍茫漂泊中绝望
最好世间没有灾难，万物生长，众生偕乐

海

那是一抹蛊惑人心的蓝
我贪恋了它的狐媚
奔赴，漂荡，游离，狂欢
如同一片叶子站在云端

幻　象

那个天空下着狮子座流星雨的午夜
我光着脚，奔跑在长满凤尾蕨的河边
一只流浪犬几乎拽住了我的裙子
我爬上那棵最高的苹婆树
跟那双血红的眼睛对视
一只松鼠跳过来亲吻我的手指
如同一个彬彬有礼的王子
我刚甩开手去，身体便飘向空中
雪白的泡泡裙张开翅膀，如同一朵云
树上那只松鼠还有地上那只流浪犬
早已化作流萤去追逐另一场偶遇

我多想看看你的脸

你坐在医院走廊的角落里
阳光穿过窗棂上的绿萝，投在你额角那
湿濡的细细的绒毛上

被告知不得探访的病人家属
刚刚辱骂了你
你潮湿的眼睛还未来得及风干
就接到妈妈的电话
"宝贝，祝你生日快乐！"
你打开饭盒
里面没有一样是你喜欢吃的菜
你却欢乐地对妈妈说：
"今天食堂的午饭搭配得真好！有荤有素！"
其实，你心里想念的是妈妈的
红烧狮子头、铁锅炖大鹅还有西红柿炒鸡蛋

三岁的女儿嗲嗲地问你什么时候回来
你温柔地回答说：
"妈妈打赢怪兽就回来了。"
其实，你心里可想念她的小胖脸蛋了

丈夫告诉你刚给你的多肉施了肥
你娇嗔着对他说：
"给你买的领带放在衣柜第二层，
还有，出差别忘了带上胃药。"

其实，你可想念他手心的温度了

你也只不过是一个普通的女儿、母亲和妻子
此刻，却担了山一样重的责任
午餐的二十分钟你满血复活
你重新戴上口罩，走进病房

此刻，我多想看看你的脸
你被口罩压红的脸，你疲惫却坚定的脸，
你美丽而生动的脸
我知道，总有一天它终会在阳光下
开出一朵鲜艳的花来

不死鸟

它挂在瓦楞上，风雨飘摇
犹如一棵青松，牢固地盘踞在悬崖上
麻雀取笑它，分明是植物，却
用了鸟的名字，还自称不死
它不语，兀自仰望苍穹

昨夜，它梦见作古的主人
她深深的皱纹里藏着行色匆匆的岁月
她折下过它的花，插在老伴留下的酒瓶中
只有她把它当成花，虔诚，温情

门头的朽木掉下一块暗红的漆
砸飞了那只虚张声势的麻雀

这棵名叫不死鸟的花，挂在瓦楞上

唱起了古老的歌谣：月亮光光照竹坡……

二环路尾的快乐

我们从东山路出发

每人手持一根一米长的甘蔗

经过两所中学一所小学

经过一个市场一个医院

经过十几间发廊

拒绝无数个摩托车司机的盛情

我们通常在东门路的西施豆腐停留

萝卜和鱼蛋能满足我们的虚荣和饥饿

你在广场送我的竹蜻蜓固然让我快乐

但比不上在二环路尾，你送我的

人家花店扔掉的香水百合

你说我像个傻子一样快乐

我说跟你在一起就莫名的快乐

一想到你我就很快乐

正如十八年后的这一刻，我

在中秋的凌晨四点醒来

突然想到你，仍然很快乐

——给我的一个好朋友

类似快乐

首先砸开我窗子的
是一丛不知名的秋草
她们温柔而坚硬

一只螳螂和我对峙
它一定以为我在觊觎他的快乐
我嗤之以鼻
愚者才会担心快乐被偷走

我的快乐在结籽的草杆上
在鸟儿衔走的那根黑头发上
在农妇舀起的那瓢溪水上

我的快乐
不在那些类似快乐上

失踪的人字拖

我们沐浴在桂林的晚风中
给十里画廊添上了生动的一笔
无限客栈的老板娘看着我脚丫上的花儿
说我是个有趣的女子

我们在德天瀑布的国界碑旁留影
我淋了雨，却笑靥如花

似乎没有看见那个
河边兜售拖鞋的越南姑娘

我们轻轻踩在沙滩上
生怕惊动了那些胆小的寄居蟹
不知名的小鱼儿在我的脚边追逐亲吻
它们好奇地盯着我脚背上的疤

我们在马兰的稻浪中迷失
牛背上的白鹭衔来了童年时的歌谣
我嘻嘻笑着把你从泥沼里拖出来
一只小泥鳅竟然赖上了你

今夜，你毫无预兆地失踪了
我满世界地找你
他说，真是个傻女人
她说，真是个矫情的女人

他们哪里知道
我丢失的岂止是你，还有自由

十四号码头的爱情故事

2002 年 7 月的十四号码头
那天晚上的风特别忧伤
有人在沙滩上狂奔
有人喝醉，说着些不着边际的话
一个姑娘嚎啕大哭

把她的对那个白脸高个子男生的爱意
公诸于世
男生转身离去，带走一枚没有面值的硬币

十几年后的某个夜晚
闻说男生早已死于白血病
姑娘也早已嫁作人妇
十四号码头依然灯火阑珊
依然会有人在沙滩上狂奔
依然会有人说着不着边际的醉话
只是不知道浪花还记不记得
那个忧伤的夜晚
那段忧伤的爱情故事

私 奔

应该没有比此刻更深的夜
我们一路狂奔
一束火光在我们的怀里，开出
绝艳的花
凌晨两点的山顶似有某种蛊惑
海风，浪涛，渔火
吉他乐手在手机里嘶吼
"你陪我流浪，陪我两败俱伤……
想带上你私奔，去做最幸福的人。"
往事翻滚，扑打着黑夜
这夜的虫鸣多么像那时的呢喃
你看着静默的青洲岛

我看着你
我们转身，和二十年前的自己
握手言欢

一只萤火虫在洗碗盆死去

在这个开始清冷的秋天，早晨
一只萤火虫死在洗碗盆中

我猜测它生前的经历

它是不是留恋夏日的晚风
就像这场雨，不相信秋天的干凉

或许它是被一朵夜来香迷惑
与另一只萤火虫走散
它在寻找的时候迷失在了这个季节里

它应该与明月星辉一起，与清风一起
此刻，它却与食物残渣一起
灯灭了，身体静默

在这个不甚美好的早上
我把它埋在一棵名叫无尽夏的绣球花下
那里，曾埋过一只秋蝉

2021 年 9 月 27 日

空中花园

我想筑一个空中花园，名字

就叫"揽月"吧

有时会下雨，水花落在我的心口

长出茂腾腾的花朵

火红的芍药、紫色的大丽花、鹅黄的风铃

招摇的三角梅、笑而不语的君影兰

雪柳扶风、青梅倚栏

蝴蝶和蜜蜂为了一朵碗莲争风吃醋

它们忙碌地献着殷勤

碗莲呢，只青睐那只不起眼的蜻蜓

我掐起那些羞涩的小胎菊

让它们在水里开出温暖的颜色

我细读夕阳和云彩，或者发呆

这时，你刚好回来

在我的鬓上斜插一枝蔷薇

告诉我，我是这花园里最美的一朵

我在城市的上空种莲

我在花卉市场一眼相中了她

她撑着小小的翠绿的伞

楚楚地，安静地，等着我

我抱着她去打车

滴滴司机说我应该给她配个大瓦缸

我有大瓦缸，可是

商品房的阳台承受不住乡村的重量

我用简易的塑料盆把她养在城市的上空

明亮的街灯遣退了星星

今夜的风有泥土的气息

我，在等一盏萤火虫

她，在等一只路过的蜻蜓

一颗露珠

从她的掌心滚落

2022 年 6 月 3 日夜

与一只鸟对视

今天是我的虎皮鹦鹉逃离的第九天

阳台的小米纹丝未动，凉开水已然蒸发

很显然，它没有回来过

它走得太决绝，大概已经忘了我手指的温度了吧

我停在一棵异花木棉树下

一只鸟与我对视

它不是它，它没有斑斓的羽翼

它就是它，它的眼神同样充满好奇与挑衅

爱不是占有

我突然释怀，在一个华灯初上的傍晚

给海子

你说
从明天起，做一个幸福的人
你说
想喂马，劈柴，周游世界
我想知道
你面朝大海的时候
花开了吗
你说，愿尘世间的人
有一个灿烂的前程
有情人终成眷属
都获得幸福
我想知道
当火车轰轰地驶向你的时候
你真的看见花开了吗
你，还会痛吗

我想告诉你
这尘世间的花，很美

2009 年 3 月 26 日，海子逝世 20 周年